孟繁华 主编

年百部
篇正典

瀚海 洪峰
遥远的白房子 高建群
风景 方方
塔铺 刘震云

北方联合出版传媒(集团)股份有限公司
春风文艺出版社
·沈阳·

图书在版编目（CIP）数据

瀚海/洪峰著. 遥远的白房子/高建群著. 风景/方方著. —沈阳：春风文艺出版社，2018.7
（2022.1重印）
（百年百部中篇正典/孟繁华主编）
本书与"塔铺"合订
ISBN 978-7-5313-5496-3

Ⅰ.①瀚…②遥…③风… Ⅱ.①洪…②高…③方… Ⅲ.①中篇小说—小说集—中国—当代 Ⅳ.①I247.5

中国版本图书馆CIP数据核字（2018）第143436号

北方联合出版传媒（集团）股份有限公司
春风文艺出版社出版发行
http://www.chunfengwenyi.com
沈阳市和平区十一纬路25号 邮编：110003
北京一鑫印务有限责任公司印刷

选题策划：单瑛琪	责任编辑：姚宏越
封面设计：琥珀视觉	责任校对：陈 杰
印制统筹：刘 成	幅面尺寸：145mm×210mm
字　　数：169千字	印　　张：7
版　　次：2018年7月第1版	印　　次：2022年1月第4次
书　　号：ISBN 978-7-5313-5496-3	
定　　价：34.00元	

版权专有 侵权必究 举报电话：024-23284391
如有质量问题，请拨打电话：024-23284384

百年中国文学的高端成就
——《百年百部中篇正典》序

孟繁华

从文体方面考察，百年来文学的高端成就是中篇小说。一方面这与百年文学传统有关。新文学的发轫，无论是1890年陈季同用法文创作的《黄衫客传奇》的发表，还是鲁迅1921年发表的《阿Q正传》，都是中篇小说，这是百年白话文学的一个传统。另一方面，进入新时期，在大型刊物推动下的中篇小说一直保持在一个相当高的水平上。因此，中篇小说是百年来中国文学最重要的文体。中篇小说创作积累了极为丰富的经验，它的容量和传达的社会与文学信息，使它具有极大的可读性；当社会转型、消费文化兴起之后，大型文学期刊顽强的文学坚持，使中篇小说生产与流播受到的冲击降低到最低限度。文体自身的优势和载体的相对稳定，以及作者、读者群体的相对稳定，都决定了中篇小说在消费主义时代能够获得绝处逢生的机缘。这也让中篇小说能够不追时尚、不赶风潮，以"守成"的文化姿态坚守最后的文学性成为可能。在这个意义上，中篇小说很像是一个当代文学的"活化石"。在这个前提下，中篇小说一直没有改变它文学性的基本性质。因此，百年来，中篇小说成为各种文学文体的中坚力量并塑造了自己纯粹的文学品质。中篇小说因此构成百年文学的奇特景观，使文学即便在惊慌失措的"文化乱世"中也取得了令人瞩目的艺术成就，这在百年中国的文化语境中不能不说是一个奇迹。作家在诚实地寻找文学性的同时，也没有影响他们对现实事务介入的诚恳和热情。无论如何，百年中篇小说代表了百年中国文学的高端水平，它所表达的不同阶段的理想、追求、焦虑、矛盾、彷徨和不确定性，都密切地联系着百年中国的社会生活和心理经验。于是，一个文体就这样和百年中国建立了如影随形的镜像关系。它的全部经验已经成为我们最重要的文学财富。

编选百年中篇小说选本，是我多年的一个愿望。我曾为此做了多年准备。这个选本2012年已经编好，其间辗转多家出版社，有的甚至申报了国家重点出版基金，但都未能实现。现在，春风文艺出版社接受并付诸出版，我的兴奋和感动可想而知。我要感谢单瑛琪社长和责任编辑姚宏越先生，与他们的合作是如此顺利和愉快。

入选的作品，在我看来无疑是百年中国最优秀的中篇小说。但"诗无达诂"，文学史家或选家一定有不同看法，这是非常正常的。感谢入选作家为中国文学付出的努力和带来的光荣。需要说明的是，由于版权和其他原因，部分重要或著名的中篇小说没有进入这个选本，这是非常遗憾的。可以弥补和自慰的是，这些作品在其他选本或该作家的文集中都可以读到。在做出说明的同时，我也理应向读者表达我的歉意。编选方面的各种问题和不足，也诚恳地希望听到批评指正。

是为序。

2017年10月20日于北京

目 录

瀚　海……………………………洪　峰 / 001
遥远的白房子……………………高建群 / 053
风　景……………………………方　方 / 111
塔　铺……………………………刘震云 / 185

瀚 海

洪 峰

> 对生活，对我们周围一切的诗意的理解，是童年时代给予我们的最伟大的馈赠。
>
> ——巴乌托夫斯基

一

我一直没能对生活，对周围的一切做出诗意的理解。我不是没进行努力，只是发现那样做的结果总是得出似是而非的结论。我的结论是也只能是：生活就是生活，一切就是一切。这就决定了我的故事很难讲述——没有诗意。

而诗意对于故事和人们来说是多么重要！我之所以还要讲它，却正是出于这种没来由的自信——没有诗意。

我想，只要你去过沙漠然后再到我的故乡来，你就会觉得我的故乡跟天堂差不多。当然，这必须先有一个很不可靠的假设：除了沙漠你没去过任何地方，或者你干脆就生活在沙漠里面。

这是我提供给您的一个大背景,别的就没有什么可提供的了。这决定了故事的难度是不是?

在我要讲这个故事的时候,我的对门跑出一个疯子。这是一个非常年轻非常美丽的姑娘。在她从门里闯出来奔下楼梯的一瞬间,我看见她的眼睛充满泪水。我认为那完全是正常人所拥有的泪水。我还看见她妈在后面追她,不喊不叫,灰白的头发朝后飘起,精瘦的脊梁佝偻着,喘息声一直留在脚步声后面。我还听见姑娘十分嘶哑的诘问:你让不让我死吧!你让不让我死吧!与此同时,隔壁的作家老冯的女儿从她家的门里探出头来。我看见她那对黑亮的眼睛里同样充满泪水。我跟她说:看见了?她点点头,抽抽鼻子,缩回头去。这个时候,我发现我已经无法讲我的故事。我恍恍惚惚记起了一年冬天,我妹妹就冻死在一片盐碱滩上。如果她是去收碱土面养家糊口,我绝不至于这样悲伤。我妹妹冻死的时候,跟我家对门的姑娘一样,也是疯子。那时候,妹妹九岁,我十一岁。从那以后我就没有妹妹了。妹妹从来没说过死,但她还是死了。我记得妈妈自言自语:死了好。死了好。然后她就扯长了声音哭。她的哭声十分瘆人。那时候我的故乡有狼出没。妈妈的哭声使我联想到深夜里的狼嚎。我这样说毫不过分,有相似经历的人一定会同情我。尤其是在多雪的冬天。

不管别人怎么想,自从我看见姑娘眼里的泪水,我就认为妹妹没有疯。说到她的死,只能有一个结论:她不想死于是她就死了。我曾经想问妈为什么说妹妹死了好。但一九八二年我回故乡的时候,妈已经死了。我只是在乡下看见了妈的坟。坟周围是重重叠叠的脚印。土湿润松散,飘浮着盐碱的咸苦味。夕阳照着低矮的坟,黑褐色。

你或许仍旧可以对生活做出诗意的理解,但我所能理解的,就这些。这并不说明我有什么更深刻的理解,只能说明生活对每个人不太相同。

我的故事如果从妹妹讲起,恐怕没多大意思。我刚才说到的那些,只不过是故事被打断之后的一点联想。它与我以后的故事没有关系,至少没有太大关系。所以今后我就尽可能不讲或少讲。这有助于故事少出岔头,听起来方便。

我觉得自己的知识够丰富修养够意思,但我始终无法解释我的故乡为什么有许多人世代生活在那里。我不是不能做出各种历史的文化的哲学的解释,但它们都无法叫人满意,就如同不满意人非死不可一样。

我的故乡地处吉林内蒙古交界处。风大,一年刮两场,一场六个月。用不着开窗,炕上地上就铺了厚厚一层沙子。盐碱地白茫茫接向天际,跟隆冬的冰原一般。我去过黄土高原,如果说中原文化凝聚那块贫瘠土地上的人们,使人们在那里付出生命和血汗可以赞美,那么在我的故乡如此消磨生命,就不能叫我认可了。我想大家都知道闯关东的事。我家曾祖辈就是从胶东湾闯过来的。问题是有松辽平原、三江平原,有长白山有大小兴安岭,有那么多美丽神秘富饶的地方不去,却偏偏落脚在这块寸草难生的鬼地方。

爷爷清醒的时候跟我说过:人哪就像树钱儿,飘到哪儿落了,就生根了。这个道理简单,却不容置疑。但我觉得人毕竟不是树钱儿。两者之间很难类比。

这里的人大都得大骨节病,手伸出去像斑竹节。粗脖子的多,转转脑袋都费劲。牙齿忒黄,一张嘴人家疑心是涂了一层黄釉子。吃的水里边含氟太高，哪个人也逃不了它的糟害。三年困难时期，饿死的人用车拉。就这样，也没把人饿跑，照样活得滋滋味味。

不可理喻。我一直以为该骂祖宗。

我讲这些，绝没有"寻根儿"的意思。我看不出有什么"根儿"可寻。胡扯淡。到这里寻根儿，不如寻死痛快。我讲我的故乡，仅仅因为我爹妈我爷奶我哥姐还有其他许许多多杂人包括我自己在那里生活过。不管愿意不愿意，只要我说起我的过去，就不能回避它，就不能不讲到它。我所能做到的，就是诚实地讲它。我知道做到这一点很不容易。我力争这样做。

我首先讲姥姥。其间有可能牵涉其他人或事，但我认为无关宏旨。

姥姥死的时候我不满二十岁。我几乎目睹了姥姥死时的所有细节，甚至包括她怎样伸手摸我的脸怎样头一歪的细节。但我现在要讲的是姥姥活着时候的事。准确些说，是从我第一回见到姥姥时讲起。

那年我十二岁多一点。十二岁之前，我一直尿炕。这使我的童年有悲剧色彩。爹长得又高又壮，脸贼黑，打起人来又凶又狠。我在梦里边曾不止一次把他杀了。有一回我在梦里梦见把爹捆上脱光屁股，用皮带抽得他皮开肉绽。结果我又兴奋又害怕。醒来的时候褥子早尿透了。如同梦里一样，只不过挨打的是我。我曾坚持不睡觉，这反而加剧了尿炕的程度，同时也加剧了挨打的强度。如今我儿子也尿炕，但我从来没打过他。因为每当我看见儿子羞怯的眼睛，我就要想起自己的童年，我就差不多要流泪，我于是就安慰儿子，别怕，长大了就好了。

爸爸小时候也尿炕。儿子有好几回扑进我怀里放声大哭，我妻子也泪花闪闪。

还是讲我十二岁多一点时的事情。那是秋天，风沙吹得人睁不开眼睛，就是在这样的天气里，我跟着妈妈去看望姥姥。

我想象的姥姥跟妈差不多，所不同的是姥姥有一双溜溜尖的小脚。我还没看过小脚，所以盼快些见到姥姥。我知道姥姥住在白城子，和舅舅在一起。听妈说过，舅舅当过八路，打起胡子忒能耐。他是我心中最了不起的英雄，这种形象一直耸立到一九六六年。那年我和姐姐扒火车去看他，正碰上他撅着大屁股挨斗，三角皮带抽得他爹一声妈一声杀猪样叫。从那以后，我就开始可怜他。这种心情一直到他死后才有所改变。

姥姥年轻时唱过二人转，这门民间艺术老百姓叫它蹦蹦戏。这二人转如今风靡北京城，惹得曹禺陈白尘老权威鼓掌不算，还写文章汇歌赞叹。若我姥姥在天有灵，说不准会重操旧业成为艺术家。这是闲话。年轻时的姥姥相当俊俏。梳一条大辫子，一直甩到屁股。她十六岁的时候，让邻屯一个财主的大少爷拽进高粱地里强奸了。说强奸算不上精确。后来她差不多隔几天就去大甸子，那少爷也总能适时出现强奸得逞。说穿了，两相情愿或者干脆就是爱情。只不过这爱情让文明人士忍受不了就是。后来她生了个闺女，但不是我妈。我妈是姥姥嫁给一个长工后生的。那个闺女一生出来就叫姥姥的爹扔进尿盆子淹死了。这屠杀使得姥姥出逃。那个财主少爷本有可能成为我姥爷，但遗憾的是他在和姥姥私奔的路上让胡子给打死了。过程十分简单：他们让几个胡子截了。胡子想糟蹋姥姥，他不让，就被一个胡子一刀砍了，从肩膀斜劈开到软肋。我认为这少爷值得尊敬。他没当成我的姥爷，说不定是我们家族的重大损失。姥姥当了压寨夫人，跟着这绺胡子东流西窜了一年多。后来这绺胡子让另一绺胡子吃了。姥姥趁乱跑出去，碰上一伙唱蹦蹦戏的，就入了伙，开始了她的艺术生涯。她免不了让掌包的睡她，后来又和大师兄相好。这两个人最终都没做我的姥爷。掌包的喝醉酒死在窑子里面，大师兄当了八路一去不回。一九四九年后回来过，已经是一个军区副司令员。他理所当然把姥姥忘了。而那时候，我妹妹已经两岁了。

这些事都是一个朋友的奶奶告诉我的。这个朋友我以后要提到他，只是他现在还没必要出现。按说这些事情可信可不信，但我情愿信。后来的一些事好像也能证明那老太太没有撒谎。据我所知，姥姥的确会唱二人转。那时她虽然已经七十多岁，但唱起那东西来依旧挺撩人的。

可以说姥爷是叫我姥姥迷住的。姥爷给大地主李金斗家当打头的，身子骨壮得牤牛一样，据说一顿饭吃过三十个豆包。冬闲猫冬，就遇上了姥姥一伙人唱蹦蹦。早年间唱蹦蹦不像现在，《计划生育好》《责任田》什么的，最讲究的是《王二姐思夫》一类，那也是远离政治。唱到后半夜，就吼着要唱"粉"的，姑娘媳妇一哄躲出去，就专拣白天说不出口听了坐不住的唱，《跳粉墙》《十八摸》，反正离不了男男女女床上的事情。直唱得小伙子们唾沫咽不下去。姥爷听姥姥唱看姥姥扭，恨不得登时抢上去搂进怀里成了好事。大概是命中注定他们要当我妈的爹娘，姥姥唱着扭到姥爷跟前时，姥爷实在忍不住伸手捏了一把姥姥的大腿，姥姥一挣顺手打了小伙子一个耳刮子。散戏后姥爷就守在蹦蹦班子的房后。天快亮的时候，姥姥出屋解溲，冻得发僵的小伙子扑上去摁住，当时就在柴火堆上成了事。待人们出来找，两个人刚刚爬起还没收拾停当。蹦蹦班子敲了姥爷十五块现大洋，扔下姥姥走了。这类事情过去在我们这一带并不稀奇。于是有了我妈，我妈又嫁给我爹，于是又有了我们这一大家子人。至于这里边有没有爱情，没有人去考察它。我想有吧。这并不重要，重要的是它发生了并且真实，没有这个事实，就不会有我乃至我的儿子。这比什么都重要。

我姥姥和我奶奶成亲家，既偶然又必然，追溯起来话就长了。我暂且提供这样一个事实：我曾祖父从山东到这八百里瀚海的时候，这里几乎没有人烟。他和他老爹挖了一眼土井。有了水，人就可以活下去。过了三五年又有三户人家来，土井就增加到四眼。当土井增加到七眼的时候，外曾祖家也到这儿落了脚。我祖父和外祖父成了光腚娃娃交。至于后来的诸多变故生生死死，等一等再讲。我还是先讲第一回见到姥姥的事。

当时我家已经住进县城。县城最雄伟的建筑是城西的票房子。票房子方不方扁不扁，跟日本人的炮楼子差不多，有平齐铁路从这里经过。这时候我们这儿叫开通。

姥姥住在舅舅家。舅舅家在白城子。那是十几万人口的小城市。没什么工业，手工业作坊构成经济命脉。舅舅在市里做官，舅母是舅舅打土豪打到手的财主小姐，也在市里做官，只是比舅舅矮两级。也就是说姥姥在舅舅家享清福。估计是因为白城子距开通二百多里，姥姥也就不容易来我家，这一年，姥姥好像已经七十五岁了。

我和妈是坐火车去的。虽然我看见过很多回火车，坐它却是头一回。大家可以猜得出我当时的兴奋，猴子似的。我们没用三个小时就到了白城子。我第一回看见三层高的楼房和柏油马路。

回忆起来好像我的兴趣已经不是看姥姥而是看马路和楼房了，甚至红砖房厕所也引起我的骚动。不讲这些，还是讲怎样见到的姥姥。

差一点忘了，我舅舅有个独生女儿，她将在我的故事里边占有相当重要的位置，这里边也理所当然地有故事产生。

当妈妈用很小很温情的声音叫了几次妈的时候，我才适应了小屋子的黑暗。我看见小炕上躺着一个人，那自然就是我姥姥了。姥姥坐起来，显出很高的身架。这在我的意料之中。我妈就十分高大，入选篮球队也够格。电灯拉亮之后，我看清了姥姥。她的脸黄白，下巴努力朝前翘出，嘴瘪瘪着，两只眼朝里抠进。这也在我的意料之中。老太太大都这样子。我接着就听见她说话，喉音很重："桂芝，是你来了？"接着我听见妈妈哭了。接着我听见舅妈大声咳嗽两次。妈不哭了，拉着我见姥姥。

我就叫姥姥。姥姥连续答应三四次，伸出手摸到了我的脸。这有点出乎我的意料。许多年之后我好像还能感觉到：姥姥的手又粗又大又硬又凉。我记得当时我莫名其妙地哭了，还把脸埋进她怀里。

我要讲的，好像就这些。要更详细更富于人情味地讲出当时的情形，已经没有这个可能。要补充说明一点的是：我和妈从白城子回开通的时候带着姥姥。从那以后，姥姥就和我们生活在一起一直到她死去。

二

那是深秋，风和往年一样大，吹得人睁不开眼睛。

那是一九六二年的秋天。

我二哥从监狱里出来的时候，是一九八四年。他被捕比较早，组成三结合革委会时就被抓起来了。他指挥过一次武斗，那次武斗死了两个人。抓他的时候，我们所痛恨的"四人帮"还在台上。这似乎可以证明我二哥入狱怪不得别人，只能怪他自己。他出狱之后就来我家。我这时候已经调到长春，和妻子生活在一起。

我告诉他爹和妈都死了。家乡没有什么亲人了。我本以为他会哭至少会十分沉痛。但二哥没有任何表情，他只顾喝酒吃菜抽烟，弄得小屋子跟锅炉房似的。由始至终，二哥什么话也没说，只是在吃完饭我妻子给他沏茶时他才说：我走了。然后他就走了。再见到他是一九八六年夏天。他仍旧一言不发闷头喝酒吃菜抽烟。我只知道他正办一个商店。他依旧说：我走了。这时候我儿子喊："大大再见。"二哥一下子就流泪了。他站一会儿，掏出一沓钱塞进我儿子的口袋里，转身走了。

不知怎么回事，在所有亲人里边，我最崇拜最尊敬的就是我二哥。直到现在还是。不可思议了。

从那以后到现在，我没再见到二哥。我希望我的这个故事他能读到，并且来看看他的弟弟。那五百元钱我存在银行里，我预感到二哥终有一天会需要它。

我后悔忘了问二哥是不是结婚了。那个姑娘等了他十几年，如今也有四十岁。这里边是不是有爱情？我想可能有吧。

我二哥一直是我们家的骄傲，至于他后来带给我家的耻辱，是我爹妈始料不及的。否则，我爹也绝对不会让他参加什么红卫兵，更不用说对他的领袖风度大加赞许了。

二哥毕业的前一年，领了一个姑娘回开通。这姑娘就是等了他十几年的那个。我对她极有好感。我觉得她太俊气太有风度了。这使我对二哥敬而远之。那时，我十六岁。从那以后，我再见到二哥是一九六九年。他在家里住到第六十五天的时候就被捕了。

我记得那天的一些事。二哥站在屋子中央，手上戴着手铐。妈坐在凳子上直勾勾看着二哥。爸爸躲出去了，从早晨至中午一直没有露面。我拽着二哥的衣服，不哭不叫，我当时大概是给吓傻了。后来我认真回忆的时候，想起了姥姥。姥姥那时候已经不能动。二哥临出门的时候她竟挣起来爬到炕边并且喊一声："二胖子！"二哥回头叫一声："姥！"就被推走了。

那是冬天。外面很晴朗，白色的阳光照着路上的积雪，很刺眼。风不大，天空和大地温温和和，行人不多，四周特别安详，这是入冬以后一个少有的好天气。门外有十几个孩子和女人围着看热闹，二哥一出门，就叫一个汉子在脖子上挂了铁牌子。二哥被摁低了头，黑头发垂下去挡住他的脸。这期间我始终拽着二哥的手。我看见二哥朝我笑，同时我还看见眼泪就从他的大眼睛里滚出来掉在我脸上。我也哭了。后来一个背手枪的警察掰开我的手并且把我推倒，我就什么都不知道了。

后来我知道，二哥在那会儿突然挣起来扑上去打了那警察一手铐。我估计，如果没有那一手铐，二哥也许判不了那么多年的刑。当时二哥的未婚妻不在场，她那时和她父亲住在省城。至于她一直不嫁等着二哥，是后来听别人说的。我亲自得到的证实，是我调到省城之后的事了。

讲这些让我伤心，我本不愿讲。但我发现我无法躲开二哥。这个故事离了他似乎就没法子讲下去。这使得我的故事讲起来十分艰难，我所能保证的就是我要讲得诚实。

下面我讲一个故事。这个故事也许和二哥无关。在某种意义上讲，是一个战争与爱情的故事。

一个女红卫兵，面对对手的冲锋枪和刺刀，从大厦上纵身跳下，殷殷红叶从她年轻的脸上拂过，一抹残阳辉映着她身下紫红的血液。楼顶，胜利者中的一个男红卫兵把一排子弹射向绚丽多彩的天空。

男红卫兵和女红卫兵是恋人，也是对手。这不奇怪。在那个年月里，死人的事是经常发生的。

爱情与战争的故事已经不能再感动人们。我讲他，是一个抄袭。有一部小说和电影讲过这个故事，我就是从它们那儿抄的。这不太光彩。

故事的结局是：那男红卫兵可能被枪决了。

就这么回事。它属于过去。责任似乎要由历史去承担。

问题在于：我所要讲的另外一个故事和上面这个故事完完全全是两码事。

故事的男女主人公应该分别是二十三岁和二十二岁。这是一个爱情故事所需要的最佳年龄。它容易使这爱情充满诗意同时也可能充满痛苦。我的想法是：这个故事会使人既不感到浪漫也不感到痛苦。它取决于是否客观。

两个年轻人是怎么相爱的，在什么情况下相爱的，这不重要。故事的开始是：他们爱得很热烈很真诚很坚决。他们甚至和古往今来千千万万年轻恋人一样，说过海枯石烂心不变之类的话。按常规他们无可争议要成婚生子白头偕老，但后来事情发生了变化。有变化就有了故事。

那是一九六七年。

林琳的爸爸被查明是叛徒，由于他的出卖，致使两位地下党员惨死在重庆的"中美合作所"。林琳和张卫民的爱情由此开始叫人担心。

初秋的夜色清凉如水。街灯昏然投下紫丁香树斑驳的影子。张卫民和林琳就站在校园的大墙外面。他们站得很近。这是爱情故事最常见的场面。

这时他们正要分手。张卫民说："别害怕，林琳。"

林琳说："我不知道能不能……"

卫民说："我爱你你知道。为了我们的爱情，你好自为之。"

林琳哭了，她扑进卫民怀里："我明天就搬出去住。"

卫民没有哭，他扶住姑娘的肩膀。"我一直尊敬你爸爸。我想不出他……"他又说，"我多希望这不是真的。"他又说，"我想你爸爸会理解你的。"他又说，"我也理解你。"林琳这时候已经泣不成声了。

这的确又感人又糊涂，我无法说清楚。我们讲下一个变故。这是一个出人意料的变故。它有可能使故事失去真实色彩。但事实如此，我不得不信它。

林琳从家里搬出的第三天，林老教授突然失踪。这是一。林琳毕竟爱她父亲，她就去找张卫民，而张卫民也不知去向。这是二。"红革会"的战士在林荫路上截住林琳要叛徒，林琳自然交不出人，她就被抓到"红革会"总部彻夜审讯。为了保护一个姑娘的贞洁，林琳在第二天贴出大字报，揭发了林老教授偷听敌电（台湾）的罪行。她被"红革会"破例吸收为红卫兵战士。这是三了。当张卫民返回学校的时候，看见了那份大字报。还有一份让他伤心到极处，林琳指控他是资产阶级走资派的走狗，要把他打翻在地踏上一万只脚。这是四。

张卫民逐字逐句读完,笑了,接着他咯了一口血,那鲜血溅到大字报上,鲜花一样绚烂多姿。

很清楚了,一对恋人反目成仇。这种事情经常发生,不值得大惊小怪。但前提必须是事情到此为止。然而事情并没有到此为止。

三天后的晚上,秋风吹拂着校园里凋落的树叶,唰唰唰的树叶伴随着轻轻而杂乱的脚步声。没有月亮也没有灯光,细碎的繁星眨着它们迷惑的眼睛。校部大楼里没有一丝声息。只有哨兵偶尔咳几声打破这寂静。

黎明前,黑暗中炸响三颗清脆的信号弹。那莹绿的光团画出一条美丽的弧线挂上天空,随后悠然飘进黑暗。"'红革会'的革命战友们!受蒙蔽无罪!反戈一击有功!我们'造反大军'时刻欢迎你们回到毛主席的无产阶级革命路线上来!"回答喊话的,是校部大楼窗口吐出的条条火舌和震耳的枪声。正在喊话的年轻人哼一声,扑在水泥地上。张卫民抱住他,就摸到了黏稠的血液。借着四周闪闪烁烁的火光,他看见同学的胸口一次次吹起泡沫。那泡沫无声破碎,血汁就溅到他冰冷的脸上。

张卫民愣愣看了一会儿,抓起脚下的冲锋枪。他直立起来,咬着嘴唇冲向火网交织的大楼。子弹在他四周的水泥路面上弹出点点火花,响着尖厉的哨音射向天空。"造反大军"百十人随张卫民一拥而上。张卫民身后又摔倒一个高大的年轻人。张卫民依旧咬着嘴唇,一缕鲜血顺着他的下颏滴落。一颗手榴弹炸开了校部大门。

当朝霞染红了东天的时候,满身破洞的张卫民率领他的部下冲上了大楼最上层的平顶。"红革会"弹尽粮绝，团缩在平顶一端。

朝霞映衬着硝烟袅袅的大楼。黑黄色人群覆盖着它。"造反大军"的军旗在晨风中猎猎飘动，焦黪黪的弹洞框映着橘黄色的天空。

张卫民瞪着血红的眼睛扫视着战败的对手。他最先看见了林琳。这十分合理，他不能第二个看到林琳。

林琳站在前面。风吹乱她柔软乌黑的长发。黄军装沾满尘土和血迹。苍白的脸同样沾满尘土和血迹。那两只张卫民熟悉和亲吻过的眼睛漠然地注视着一脸杀气的张卫民。这悲怆的一幕让人不忍目睹。

接下去发生的事情变得不可想象。

张卫民朝前跨了两步，站住，犹豫了几秒钟，接着他就抛下灼热的冲锋枪，接着他就跑上去，接着他就抱住林琳。林琳一动不动把头伏在张卫民宽厚的肩上。她的喉咙响了两声，就放声大哭。哭声回荡在楼顶，使人们猛然联想到自己幸福的无忧无虑的童年，还有清晨的温馨的空气，还有傍晚宁静的街道窗子里透出的柔媚的灯光和晃动的人影——小将们竟都垂下高昂的头颅，默默退下楼顶。楼顶上只剩下林琳和张卫民。

张卫民和林琳依偎着坐在平台上，肮脏的脸上留着泪水冲出的白色痕迹。

当时的情形就这样。后来，张卫民在一九六九年冬天被捕入狱，林琳等了他十五年。我想大家早知道了，张卫民就是我二哥。林琳就是二哥领回家的那个姑娘。

有必要说到一九八三年夏天的一个早晨。这个早晨能使这个故事有一个最后结局。

那天早晨,我和妻子抱着我们十个月的儿子散步。那是在绿树掩映的人民广场。我看见一个略显憔悴的青年妇女。她坐在苏联红军烈士纪念塔下的台阶上,冷漠地看着闲适的人们。当我已经从她旁边走过去的时候,我站住了。我一下就记起了林琳。我就折回去,又折回来。在妻子疑惑的询问下,我又折回去,我问:"你是林琳大姐吧?"

她愣住了,看我,然后站起身。我知道是了,就说:"我是张卫民的弟弟。"

她慢慢走近我,看了我好一会儿,说:"你是卫民的弟弟?"我突然鼻子很酸。我点点头。

她看我又看我妻子然后摸我儿子白胖胖的脸蛋。突然她就哭了。泪顺着她的脸无声地滑落:"真的是卫民的弟弟,真的是……"

我就知道了多年来想知道却无法知道的事。

林教授是我二哥送走的。这我已经知道了。因为林教授在爷爷那儿住了近一年,一直到风潮过去才回到省城(后来证明他是红色知识分子予以平反,这是惯例)。我想知道的是那次武斗的起因和最终结果。

相当简单。简单得使普通人,更使政治家历史学家出奇愤怒。二哥只是要把林琳从"红革会"手里抢回来。他爱林琳。虽然他吐了血,但他还是爱林琳。他认为他不能失去林琳。为了夺回他的所爱,他什么都肯做。于是他就指挥了那次战斗并且身先士卒在枪林弹雨中冲在最前面。

起因是爱情,最终结果还是爱情。没有其他任何值得同情的理由。

　　子弹夺去了两个年轻人的生命。他们的墓碑如今可能树立在他们各自的家乡，大概已经被蒿草掩盖了。

　　一个平庸的司空见惯的战争与爱情的故事。我无法改变它的性质。

　　就这么回事。

　　成立"革命委员会"那年冬天，二哥锒铛入狱。我只能说他罪有应得。但不知怎么回事，我还是最尊敬最崇拜我二哥。我发现我一直爱他。现在还爱。我知道这种感情十分危险。但我说过我要讲得诚实。

　　这大概就是因为生活对每个人不太相同。

　　接下来我想讲一个更轻松些的故事，而且它会具有某种传奇色彩，因而不一定真实可信。

　　我的故乡有一部分处在科尔沁草原东端。若干年前，那里杂草树木丛生，黑熊和狼群野猪出没其间。这就免不了发生野兽祸害人的事。

　　也许是一百年前，也许是几十年前的一天傍晚，有一个妇女掰苞米回屯子的路上撞见了黑熊。黑熊把这妇女捉住塞到屁股下面。黑熊有几百斤重，它高兴地把人坐在身下然后一颠一颠地玩耍，直至把人压得五脏破裂气绝身亡才爬起来晃晃悠悠走路。被压住的妇女是极聪明的一个，估计她是想到给猪挠痒痒的情形，于是她就用手在黑熊胯下用力挠，后来就抚摸黑熊硕大的睾丸。黑熊马上觉得十分舒服，哼哼唧唧早忘了颠屁股，以至于阳物也凸露出来。这妇女不失时机地腾出一只手解下老长的布腰带，齐根儿系住黑熊睾丸，然后再偷偷把腰带绑在旁边的一棵树上。这时候黑熊已经不能熬下去，竟颤抖抖欠起沉重的身子，嘴里发出呼噜噜的声音。这时候妇女趁机一滚，脱离了危险区。黑熊发觉受骗上当吼一声要扑过去，然而布腰带拽得它疼痛不堪无法动弹。妇女挣命般逃回屯子叫来壮汉们。钩杆铁齿乱刨乱剁，将黑熊打死。这野兽死于贪色，无可非议。可非议的是这个故事。但我说过，这是一个具有某种传奇色彩的故事，可以信也可以不信的。

三

一九七八年春天，兴华考上了大学。那年他已经二十八岁了。上学之前他改了名字。这很正常。

入学的第六天，他就认识了那个叫雪雪的姑娘。这很偶然。归功于他的懒散。

兴华上大学的目的不高尚，只是想改变一下自己的处境，其中也包括找一个更高层次的妻子。他一直在镇砖厂当工人。夏天烧窑出砖，冬天放炮崩土。现在他腿上还有一块疤，那是让哑炮炸起的冻土块砸的，阴天下雨还免不了酸痛。考大学时他没怎么复习但考上了。他穿一件有补丁的上衣走进校门，有人看他他没太在意。因为他直到第七天才发现衣服上有补丁。

先是入学教育，然后就上课。他发觉自己的屁股老发麻，总忍不住要站起来。忍到第六天他终于忍不住，课间休息就溜了。

于是他就认识了白雪雪。

他溜出教室瞎转一气就转到体校的冰场。他当时就被白雪雪吸引住。当然，他当时还不知道姑娘叫白雪雪，只知道姑娘实在迷人。后来白雪雪问兴华究竟喜欢她什么，她指的是第一回。兴华想也没想就说:"大腿。"这个回答使雪雪气愤不已又骄傲万分。白雪雪的大腿的确漂亮,让你说你也会说"大腿"。这里我不做色情描写,只告诉你白雪雪的腿跟体操运动员游泳运动员排球运动员舞蹈运动员芭蕾舞演员的腿差不多,十分迷人,兴华当时无法离开,盯着白雪雪滑冰完全是情理之中的事。

后来白雪雪告诉兴华说她早就看见一个大老爷们儿贼溜溜看她。所以她采取行动是有预谋的,只是没有料到事情会闹到这个地步——闹到恋爱的地步。

事情这样发生,兴华正看得发呆,白雪雪溜过他身旁时摔倒了,他还没来得及做出反应,白雪雪已经把一只冰鞋撞到他脚脖子上。他叫一声就啪嚓摔了,还在挣扎时白雪雪已经爬起来继续滑行。疼痛中兴华好像听到了白雪雪的笑声。

以后的事情就能猜得出,兴华被送进校医院,白雪雪不得不天天去看望,再以后他们就相爱了,再以后他们就商量着结婚,再以后白雪雪讲了自己的故事,这个故事使他们的爱情经历了危机。

白雪雪讲她的故事。

爸爸特别喜欢我这你不知道。一直到他死那天他才告诉我他不是我的亲爸爸。这没有什么好大惊小怪的。看你那副模样好像我就要死了似的,不过当时我也够吃惊的。我大哭大叫说:不是这么回事你是我亲爸爸我没有别的爸爸。爸爸也哭了还没来得及再说话他就咽气了。说这个我非常不好受,但我讲这个不是主要的你好好听着就是了。

我问妈妈到底是怎么回事,妈妈哭了一阵就告诉我说:是真的,他不是你亲生父亲。我和妈守在爸爸的遗体旁边。我看着爸爸没有血色的脸怎么也不愿相信妈妈讲的那些事是真的,可我不能不相信妈的话，我妈从来不会撒谎，更不会骗她女儿。

我跟你说过你别急你怎么还急，你这急猴子，你得让我一点一点说才行啊。

我告诉你我亲爸爸在我刚满月的时候就叫政府给枪毙了。枪毙我亲爸爸的是我爸爸，其实不是他亲自开的枪，是他指挥的。我亲爸爸死了之后，我亲妈就自杀了，是喝耗子药死的。我妈妈把我抱回来我就成了他们的女儿。我告诉你我亲爸爸是我爸爸的大舅子也就是我妈的亲哥哥。这回你真吃惊了吧？你吃惊的时候在后头呢。

我姥爷也就是我亲爷爷是七井子那一带，对了，也就是你家那一带最大的地主。但听我妈说我亲爷爷对庄稼人一点也不残酷。可"土改"时还是给崩了。就打死在当年小日本儿的刑场上。你知道那刑场？知道就好。后来那刑场盖了房子，成了镇政府所在地。你也知道？

我亲爸爸当过土匪，就是胡子。他是洮南府一带最霸道的胡子头，连日本人都怕他。我没见过我亲爸爸。听妈说他长得忒英俊。你看我长得这么漂亮，可见我妈说得一定不错。你问一个大地主的儿子怎么当了胡子？我也这么问的。我妈说那是因为和小日本儿结了仇，你不信？你当我就信？那不成了抗日英雄？共产党也不会毙他呀。妈说他打小日本儿也杀老百姓还霸占良家妇女。我亲妈就是被他逼迫成婚的。我亲爸爸念国高，在洮南府睡了一个日本女人，那日本女人恋上了我爸爸，我爸爸也恋上了她。日本县长知道了这件事，就把他们抓了。爸爸竟逃出去投奔了胡子，后来他成了胡子头。别看咱家那一带没山没水，可地广人稀，小自然屯成百成千，三五户人家也算个屯子。十几个胡子躲在哪个屯子里，跟庄户人一模一样。各家各户户口也没有，你认得哪个是良民哪个是胡子？咱家那一带是日本人的大后方，一个县镇里边没几个日本人。维持事务的大都是中国人和朝鲜人。连警察也是本地人，有家有口的，就是真认出哪个是胡子也不太敢抓。都怕胡子抄了家。我亲爸爸他们的确打鬼子。洮南府的鬼子县长就是他亲手砍的。但这功劳让他抢男霸女杀老百姓给淹没了。

搞"土改"时政府毙了我亲爷爷。我爸爸因为打日本人有功，没人动他，他就在洮南府完小教书。"肃反"他也漏了网。他本以为平安无事，却偏偏让一个仇家给认出来告到县政府。我养父是公安局副局长。他大义灭亲，毙了我亲爸爸。

听妈说我亲爸爸饶过我爸的命，我亲爷爷救过我爷爷的命，但我亲爸爸和亲爷爷都死在我爸爸手里，他还娶了我姑姑也就是我妈，我亲妈也死了，他还把我抚养成人。这到底是怎么回事，你能不能告诉我，你比我大八岁你知道得多，你还是大学生，我不是，我只是个体育棒子，你告诉我，你说啊！

然后白雪雪就哇哇哭。兴华木呆呆不说话只是看着大哭的雪雪。半小时以后他们就都清楚了：白雪雪的养父就是兴华的舅舅，白雪雪就是我前面提起过的那个表妹。接着大家都清楚了：兴华就是我，我在上大学时一高兴就改了名字。

我绝没有蒙大家。

我和妈去白城子的时候表妹只四岁。她那时是娇小姐，根本不稀罕和我说话。从那以后我再没去过舅舅家，舅舅家的人也从未到我家来过，甚至我姥姥死的时候他们也没有人来。这决定了我在舅舅去世的时候也不去送葬。为此妈妈还打了我一个嘴巴。

第二次见到雪雪的时候我已经二十八岁，她已经二十岁，况且我舅舅姓王，雪雪那时候也不叫这个名字。我想我们互不相知没有什么奇怪。我爱她她爱我并没有想你家我家的事情。至于大家怀疑我故意制造偶然事件，我就无可奈何了。我以为这段故事合情合理，如果有错误，也不是我的错更不是雪雪的错。

　　不知怎么回事，我不仅认为舅舅毁了雪雪一家，而且觉得这一切似乎都和我有关系。我觉得自己没脸娶雪雪，我娶雪雪这容易让我想到舅舅娶雪雪的姑姑。我把这些想法都跟雪雪说了。雪雪哭得很凶，一句话也说不出来。后来她不哭了，问："你不爱我吗？"我说："问题不在这儿。是我不能……"雪雪说："我爱你你知道？"我说："我知道。我也爱你。"雪雪说："那不就行了吗？"

　　我以为那不行，摇摇头就走了。那是一九八〇年夏天的一个早晨。雪雪刚刚结束身体素质训练。我想着她那美丽的眼睛，修长健美的大腿，坚挺丰满的乳峰。我还想到她二十二岁了，体育生涯就要结束，我还想到她就该结婚了，就该和我永远分手一生不能重逢……我的心就如同撕裂一般。我听见我心里发出的呻吟。那恰似雪雪一样的灿烂朝霞辉映着我干热的眼睛。我几乎无力迈开离去的脚步。

　　那个夏天的清晨，多么美丽，多么清新，多么……多么……清晨。身后是雪雪悲伤绝望的呼唤，我蹒跚离去。

　　很明显，这是几年前的事了。

　　我写这个故事的时候，正是晚上，灯光十分柔和地圈住稿纸，妻子抱着我们的儿子站在我身后。她还不时指出我讲述过程中出现的错误。她认为我的故事有一处必须讲清楚："到底是谁追谁？按你的写法好像是女的死皮赖脸追男的。这不真实。"我说："这无关大局。他们互相爱了，这就足够了。你说我们结了婚有了孩子不是很幸福吗？"妻子把下巴搁在我肩头蹭着说："是的，这很不容易。"说着她的泪滴下来。

我的妻子就是雪雪而不是别人。

我们住在吉林省地质矿产局招待所的306室。这个房间里有四张床。每张床收费三元钱。房间里有一台十四英寸黑白电视机。客人很多，每天都十分喧闹，一直到子夜时分才会安静下来。我前边说到的那个疯姑娘昨天走了，听服务员说已经送进四平精神病院了。她住的房间里住进了一个新疆来的中年妇女，她的臂上戴着黑纱。服务员说她丈夫来局里进修，正听课就死了，死的时候连声音都没有出。据说是心肌梗死。他好像不到四十岁。我听到这个消息时想到我的母亲。她也死于心肌梗死。她死的时候还哼了两声。我舅舅也死于心肌梗死，但他从发病到死亡，这中间隔了七年。这七年他始终躺在白城市医院的特殊病房里。因此他多活了七年，大约花掉了国家十万元钱。我不知道他值不值那么多钱。他是一个十三级干部，也许值。我现在没房子住，住招待所，每年也要花掉国家四千多块钱。想来也愧对国家，因为我到目前为止还不能为她做点什么。我所能做的就是每年花她四千多块钱替自己写几篇小说骗额外的钱。如果说还有一点理直气壮的地方，就是我的小说写得很真诚。反过来说，用真诚赚钱又不太高尚。为了这个，我就放下笔，并且把这个心思跟雪雪说了。雪雪说："大家或许还不如你呢。我觉得你挺可爱。"我说："还可以写？"雪雪说："当然。而且我建议你写写舅舅。"我没有回答。雪雪问："不好写是不是？"我点点头，说："我没有理由说假话是不是？即使为咱们和咱们的孩子，也必须诚实是不是？"

　　说这些话的时候，我已经很激动了。恍惚间我认为我看到了家乡辽阔的荒草甸子，起伏的沙丘，白色的盐碱滩，泥泞的沼泽地，稀落的拉条榆，一汪汪灰亮的泡子，广袤的庄稼地，低矮破烂的土平房，风沙中跃马扬枪的胡子，赶着大马车的"土改"工作队，日本鬼子的劳工营，吴大舌头的烟枪，张作霖的铁路……我觉得故事该继续下去。

　　如果姥爷知道姥姥会逃跑，他说什么也不会去庄稼地干活。怪只怪一点兆头也没有。姥姥逃跑那天，姥爷正和往常一样在庄稼地里干活。大地主李金斗在树下歇凉。他躺在地上抽大烟，一边抽一边极舒服地哼哼。淡蓝的烟雾在他头上升起再缓缓散去。苍蝇离他很远地飞舞但不敢落下。高远的天空有几片茸茸的云安详地悬浮。有云雀盘旋并且婉转啼叫。斜阳照着原野，原野散发着湿热的气息。几株黑色的树探出黄绿的庄稼地十分孤寂。稍远处有几条黑色人影在庄稼地里时隐时现，那里边就有打头的长工我的姥爷。

　　姥爷干活有点心神不宁。天边开始呈现橙黄色，那颗太阳显得特别大，让庄稼支撑一会儿就坠落了。天突然就昏暗了许多。原野在这时候就变得模糊，几乎是一种颜色。连人也变得含含糊糊差不多和天地融成一个。云雀已经不见飞，蛙开始断断续续叫，蝈蝈叫得比有太阳时更稠密嘹亮。当然，姥爷那时肯定没心情注意这些，他只顾急惶惶朝他的土房走。这时候李金斗在后面开他的玩笑，说他离不了老婆。他不还嘴。几个庄稼汉子远远地哄他他也不理睬。尘土在他脚下面一团团溅起。起哄的庄稼汉子里边有一个是我爷爷。

姥爷一进门就发现姥姥不见了。他一直等到天蒙蒙亮,就断定出了事,他最直接的推断就是那戏子跑了。他就跑到李金斗家借马,李金斗牵了马给他,对他说:"真熊包!老娘儿们都看不住,不如把她给我算了。"姥爷含混不清地骂了两句什么,跨上马就跑。

这是一个十分壮丽的场景。野甸子一望无际和天空一样辽阔,稀落落的庄稼地可以增添生气。不时有野兔和傻狍子被奔马冲起旋即无影无踪。马蹄闪电般打地击起团团黄土,远远望去,一溜烟雾紧贴草尖滚动再无声散尽。活跃而宁静的世界。只不过姥爷的心境不会壮丽。他一定又怒又急,那张挂满泥土的脸上有汗流下来,嘴里不停地吆喝汗流浃背的马。他认准通向洮南府的唯一的毛毛道,马不停蹄。

姥姥的确是要逃往洮南府。至于她为什么要跑,如今也没谁知道,后辈人当然也不好打听,她后响出逃,不敢走正路,专挑庄稼地和荒草甸子走。晚上星星闪闪的时候,她发觉自己已经迷失了方向。茫茫草甸子南北东西没有什么不同,连沙丘也那样相同甚至树木也长得一模一样。风吹着蒿草和树叶簌簌地响,不断有小动物嗖一声从身前脚后蹿起再掠过。遥远处有野狼寻找同伴的深情悲凉的嗥叫,有时候仿佛就在身边贪婪地对你凝视。姥姥终于吓哭了。她一边叨叨咕咕说些连自己也不懂的话,一边腿软塌塌地走路。她不时被什么东西绊倒,挣命一样爬起来再走。她知道即使想返回去也不可能了,只有横下一条心走到底,走到哪儿算哪儿。她寄希望于天亮,那时候老天爷或许会帮助她辨明方向并且指引她走进洮南府。她无论如何没想到姥爷彻夜不眠马不停蹄一边骂她一边傻子般满世界找人。她不知道姥爷更担心她叫狼吃了或者是让熊瞎子给糟害了。姥姥那个时候想不了那许多,她只晓得乱七八糟走路,后来她累得实在走不动了,就靠在一棵老榆树下嘤嘤嘤低声哭泣,再后来她就蜷作一团睡了。蛙和蝈蝈已都不再叫。野兽们似乎也感到疲倦。一切都没生气,大概都睡了。

屯子里舆论大哗。议论中更主要的是推测那娘儿们的去向。没什么恶意。说说而已。我爷爷跑到他好朋友家。只见门户开放,老母猪拱翻了饭锅,粮食囤子里飞满了鸡。爷爷回家叫娘帮着照看,就下地去干活,心里边直替朋友抱不平,想着抓着娘儿们一准胖揍一顿管教管教。

歇气的时候爷爷钻出庄稼地撵一只跳鼠子。这就使他看见了大树下边蜷成一团的姥姥。

姥姥自己也绝没想到跑了半天一宿子跑了回来。我以为这大概是命里活该她必须和姥爷过一辈子。事实也足以证明这一点。从那以后,姥姥就再没跑过。她自己也说是命中注定的,要不怎么跑来跑去又跑回七井子?

爷爷看见姥姥时,姥姥还睡着,据说脸上还笑眯眯的。我估计她一定是梦见了什么,十有八九是梦见和姥爷重逢。她突然被叫醒,吓得面无人色,待看清是爷爷才笑一笑,并且说:"真是老天没眼。"说完,夹起小包袱就回了屯子。爷爷愣怔怔看着姥姥袅袅婷婷的背影,竟忘了揍她教训她。

四

傍晚,残阳血红地照着狼狈不堪的姥爷。他晃晃荡荡走进院子,猛地瞪大眼睛嘴合不拢。姥姥笑吟吟迎出来。姥爷傻了一会儿大骂一声,扬起瓦罐一样的拳头。姥姥夸张地叫一声就扑进对方的怀里,身体像蛇一样扭来扭去,哼哼唧唧:"你打你打你打呀。"姥爷的拳头在空中停一会儿,松开,接着就一把抱起姥姥回屋里。也许舅舅就是在那一天孕育的。

当然,这些细节我不可能知道,这也是我那个朋友的奶奶讲的。她说她当时正从姥爷家窗前走过去,亲眼看见屋里边两个人在做什么事。

不由我不信。年代久远,历史资料湮没无存,无从考证。我只能依据老奶奶提供的故事说话。

现在我要提起李金斗救我姥爷命的事。这件事必须讲。雪雪对此耿耿于怀,我对此怀有某种恶毒的兴趣。我认为它会是一个不大不小的笑话类的故事。至少,我们过分严肃了,需要有所调节。这个故事或许正好承担这个任务。

在这一带,小日本儿用劳工从来用不着抓的。派下名额各屯子摊派就是,几乎没有人敢不去。例外的就是有钱的人家可以出钱出粮雇人去。我姥爷出劳工,就是李金斗出十石粮雇的。

小日本儿要在齐齐哈尔一带修机场,从南满抓了一批劳工,又从本地和洮南一带征了一部分劳工。后一拨劳工和南满劳工待遇有所不同。后一拨可以干一点有技术性的活计,南满劳工则全出苦力,挨打多还吃不饱。据说南满劳工有不少是反满抗日分子。这些人全由鬼子兵看管,一到晚上连衣服也要扒下去,人也拿绳子链上。姥爷亲眼看见一个大胡子劳工被一个瘦鬼子一刺刀扎个透腔。人还没倒,狼狗就围上去。只一会儿工夫,啃得只剩下白森森的骨头架子。地上是一摊黏糊糊的血和碎布片。那副骨头架子就晒在飞机场旁边的土堆上没人敢动。多少年之后姥爷提起这件事,还浑身哆嗦。足见这个残酷恐怖的场面是如何影响了他后半生的性格。事情很有趣,劳工期满的时候,日本人奖给姥爷一把小铁锤。这东西在"土改"时险些成了罪证,好在舅舅是八路军干部,又是"土改"工作队队长,否则,姥爷是大汉奸无疑。

姥爷出劳工期满还家的当天,换上半新夹袄,背油布褡裢,小铁锤沉甸甸坠得厉害。他进小酒馆大碗喝酒吃肉,云山雾罩和人家吹牛,于是他替自己制造了一场悲剧。

姥爷让胡子绑了票。

这全怪他自己。胡子绑票从来都是拣大户。要钱要粮。十绑十中。没有哪个财主肯舍了性命。姥爷醉醺醺上路,劝也劝不住。他并没有料到大吹牛皮的过程中,早有胡子的眼线通了风。他一路哼哼唱唱出洮南府二十几里,树林子里蹿出五六个胡子,麻袋一套就装了去。拖拖扯扯到林子里翻褡裢,几捆不值钱的毛票子下面只有一把小铁锤。

胡子头气得暴跳如雷,掏出枪就要搂火。姥爷吓得坐在地上连磕头都不能,嘴里亲爹老祖宗叫着,连嚷"要什么给什么只求别开枪别开枪留我小命一条来世当牛变马报答不尽"。胡子头扭着脖子想一会儿,说:"你也没多大油水。这样吧,你拿一匹马换命回去。"姥爷马上答应。

口信捎回七井子,姥姥哭得昏天黑地。舅舅那会儿才十岁,连陪娘哭也不会。爷爷也帮不上忙,一头牛还要自家种地结果换了一个媳妇。那牛也许早让窑子给卖了或是吃了。姥姥哭一夜就去求李金斗。

后来李金斗真就帮了忙,什么代价却无人知晓。只是姥爷回家后把姥姥狠狠打了一顿。见了李金斗也不谢谢。这里边的曲折奥秘，自然是可意会不可言传。关东地主和农民的关系，从这方面也差不多见出特色。其实爷儿们睡娘儿们，不只是财主有特权，庄户人互相间也免不了要睡。习惯成自然，没人会大惊小怪。如今乡下还盛传俗谚"没有破鞋不成屯"。搞"土改"时，镇压财主有两大罪名，一是勾结日本人杀中国同胞，再就是霸占人家的媳妇糟蹋人家的姑娘。第一条，无论从民族的或历史的角度看，都罪不容赦。至于第二条，实在是此一时彼一时，无法说得清楚。听老人们讲，谁家姑娘若是叫大户人家看上，说不准是福气呢。真的能嫁过去，全屯子人家都高看娘家一等。被财主糟蹋的，只要不大肚子不养孩子，就没人张扬。和谁还不是那么一档子事呢。

"土改"的时候大伙都控诉李金斗抢男霸女。姥姥姥爷没有这方面的指控。倒是舅舅铁青着脸，拎着匣子枪把李金斗押到刑场就地正法以平民愤。枪不是舅舅打的。他只不过是站在不远处看着李金斗在枪声里一屁股撅进小土坑然后验明正身才走。

这个并不幽默的乏味故事到此结束，它自然而然引出了我舅舅，这才是我的目的。前面讲的无非是有意无意之中做的一点铺垫。我觉得舅舅这个人很难捉摸，我甚至无法对他做出稍微明晰的判断，我丝毫不想掩饰自己的愚笨和低能，我只能把我所知道的舅舅的一些片片断断的事情原原本本讲出来。

舅舅十八岁时也出过劳工。那是一九四二年。小日本儿在中国关内打得不怎么顺利。关东军大部分部署在和苏联接壤的满洲。南满的"抗联"闹来闹去。唯独这白城子洮南郑家屯一带还算安定。小日本儿抓紧时间修铁路采金伐木材。由南满抓的劳工都是刁民。阴差阳错，舅舅由李金斗保举，竟当了小工头。

我省略复杂无味的过程交代，从事情的后半截说起。

舅舅最后偷了两包炸药塞进劳工棚子，然后提心吊胆地陪几个看守熬夜侍候吃喝打洗脚水焐被窝。三更，就听见轰轰两声爆炸。马蹄灯哐啷一声掉在地上，屋子里一片漆黑，沉默了好一会儿，稀稀落落的枪声还有鬼子叽里咕噜的喊叫声传来。第二天舅舅才知道，南满的劳工把那两包炸药分别扔进鬼子宿舍和狼狗舍。几百劳工炸了营，跑了十分之九。小日本儿死了好几个，又没了狼狗帮忙，吃了大亏。

舅舅有看守做证人，仍然是良民。小日本儿就杀了两个本地劳工，说是通共通匪反满抗日。血糊糊的脑瓜子挂到洮南府的南城壕上，一直烂了才扔。

舅舅回家快半年的时候，七井子突然来了三个外乡人，进了屯直奔姥爷家。三更半夜，屯子里的狗叫成一片，家家户户吓得气不敢出，以为又闹胡子。三个人敲开姥爷家的破板门。舅舅一下子就认出其中最年轻的就是逼着他偷炸药的南满劳工。

这年轻人腰里别着王八盒子。他把舅舅扯到一边，说：小鬼子已经知道是你偷的炸药！抓你的人正在路上！快跟我们走！晚了就没命了！

舅舅一跑就是五年。一直到一九四七年，才带着一支"土改"队开进离开通一百二十里的瞻榆镇。

补充一点：小鬼子并不知道谁偷的炸药。那年轻人是骗舅舅的。舅舅却因祸得福。那年轻人后来当了团长，一九四九年后回地方做了专署专员。"文化大革命"时让一颗流弹给打死了。那时候舅舅正挨斗也没去看。为这个据说舅舅痛哭了一场。

舅舅带着十二个人组成的"土改"工作队，走到五家子跟前的时候遇上了胡子。一阵排枪响过,工作队的人就趴在大车周围。那天风也特大,天空黄糊糊浆子似的。人睁不开眼睛嘴也张不开。枪不紧不慢却打不着人。

胡子头就是雪雪的亲爸爸李学文。

李学文的人有三十多,呈扇子面围住工作队。工作队人少打得顽强。仗从后晌打到后半夜。工作队队员伤了三个,子弹也所剩无几,眼瞅着全军覆没。舅舅和副队长商量决定跟胡子谈判。这大概是唯一出路。谁想喊了半天,胡子理也不理,枪打得更急。分明是要赶尽杀绝。走投无路硬着头皮还得打。

天快亮的时候,工作队员全让胡子给抓了。舅舅被推搡着弄到胡子头跟前。李学文和舅舅都愣了。

李学文叫一声:"好小子,是你呀!"

舅舅也叫一声:"是你呀!你怎么打起我来啦?"

李学文说:"探子说是王歪嘴子那绺子。哪想是你小子。"

舅舅说:"学文大哥,你是读书人。咱这也解放了,咋还不跟政府合作?"

李学文叹口气:"政府能要我这土匪头子?瞅着政府杀了不少胡子头,我可不愿挨炸子儿。"

舅舅说:"你跟他们不一样。鬼子县长不是你杀的?算起来,你也是抗日有功。"

李学文说:"那也不敢,咱还做过对不起民众的事。"

舅舅说:"功大于过嘛。"

李学文说:"兄弟,你可不是蒙我?"

舅舅说:"兄弟就是'土改'工作队队长,还能蒙人?共产党好就好在讲政策。"

就这样，雪雪她爸爸带上队伍和舅舅一块进了瞻榆镇。就这样，李学文当了小学教员。就这样，李学文被舅舅给毙了，是在一九五六年。李学文投诚政府之前，一直漂泊四方打家劫舍睡女人，雪雪妈就一直住婆家，成年累月见不上丈夫一面，泪都干了。

一九四七年，舅舅二十三岁，雪雪她姑二十岁。她读完国高闲待在家里。那时候李家男人只剩李学文一个。

念国高的学生可了不得。走在街上警察见了得立正行礼。国高学生都说一口日本话，哇啦哇啦跟真的东洋人差不多。听说国高学生看哪个警察不顺眼，上去就打一个嘴巴，呱呱响。警察立正挺住，嘴里也说："哈依！"一幕挺有趣的东洋景。

十年河东十年河西。日本人倒了台，国高学生也没了靠山。李慧兰就一天到晚不出二门，待在家里读书练字。我想，如果她知道毙她爹的人会看中她，也许早就逃了或是嫁人。可她偏偏不知道，还鬼使神差地遛一遭。结果成了舅舅的媳妇。

舅舅穿一身黄色大制服，匣子枪斜挎着，带小勤务员上街闲逛，迎面就遇上了国高学生李慧兰。舅舅立时叫李慧兰给震了。那女子穿一件藏蓝旗袍，开气儿挺高，一走路就露白生生的大腿。二十岁的深闺淑女风姿绰约，在小镇里可谓鹤立鸡群。李慧兰无论如何不该怯怯看舅舅一眼，双眼皮一瞟，已经把工作队队长的魂摄了。舅舅看着姑娘一缕香风掠过面孔盈盈而去，心跳气短，喉咙里卡了什么东西一般。叫过勤务员："跟上她，看是谁家的。"

然后舅舅不再逛街，跑回镇政府静候消息。他无法静候，急得坐立不安，喝半瓢拔凉井水依旧火烧火燎。

小勤务员终于喘吁吁回来报告:"是李学文的妹妹。队长。"

队长愣了好一会儿,挥退勤务员,一个人在屋子里转磨磨。后来他拿定了主意。

第二天舅舅去李学文家拜访。

李学文自从老爹被镇压,总是心神不宁,预感到有祸临头。今日工作队队长登门造访,更是胆战心惊地接待。舅舅坐下先进行了一番政策宣传,说只要他安心为政府出力,政府就会重用。李学文感动得热泪盈眶,表决心要和老子划清界限,为政府出力。

不知李学文做何想法,他大声招呼慧兰。慧兰大大方方从耳房出来进了堂屋。舅舅起身客气,然后尽量文质彬彬地问:"令妹是读书人吧?"

李学文说:"惭愧,读了国高的。"

舅舅惊呼:"哎呀呀巧了!政府正缺读书写字的人才,令妹能否为政府出力?"

李学文做惊喜交加状:"正报国无门。只怕她力不胜任,给政府增添烦恼。"

舅舅言辞恳切:"此言差了,这正是令妹大展宏图的好机会。还望老兄别走了眼呢,过了这村可就没这个店儿了。"

李慧兰突然插话:"我去。"

李慧兰确实想为新政权做点事情。满腹经纶,总不好平庸度日。年轻人一腔热情,怎能不跃跃欲试?她哪里知道,一句话之间就扭转了她后半生的面目。

李慧兰第二天就进镇政府当了秘书,直接归舅舅领导。舅舅除了工作,差不多总泡在女秘书屋里。没有多少话可讲,只会开几句粗俗不堪的玩笑。女秘书只是红着脸，眼皮也不抬。舅舅恨不得就娶了这别具风韵的小姐过来，却羞于开口。

天赐良机，使舅舅如愿以偿。其实他得感谢李学文。

李学文请舅舅喝酒。一个劝一个喝，十分投缘热烈。想来舅舅必须喝醉，只有喝醉才行动不便，只有行动不便才会产生下边的故事。

舅舅大概真的无法行动，李学文不能置朋友于不顾，就叫慧兰照顾她上级。慧兰就烧茶铺被子服侍队长休息。窗外明月高悬，秋风爽爽，一派大好时光。这种时光里容易促成爱情。舅舅正是在这时光里醒来并且看见了灯影中的姑娘。姑娘正打瞌睡，脸让灯光映得毛茸茸轮廓朦胧，微微晃动如仙境之女。舅舅看一会儿就跳起来一把抱住，手也伸进姑娘怀里揉抓。女秘书惊醒就喊却无人来救。这时候那手已经越发放肆挪到不可思议之处。女秘书一瞬间身体僵硬接着瘫软乏力。

这就是发生在舅舅和李慧兰身上的爱情故事。这故事充满诗情画意，是由美丽的仲秋之夜酿造的。在此之后，姑娘哭了一天，选择了嫁给舅舅的方案。

五

我说不清楚该怎样评价我的故乡，我只能说："它太荒漠太辽阔太神秘了。"

或说这是故事的重复和重复的故事。其实不然。在我的故乡，舅舅和舅母这样的事爷爷和奶奶那样的事姥爷和姥姥那样的事时有发生，毫不奇怪。我想也就是人需要这样于是就做了。至于这其中有没有有多少历史的文化的乃至地域的或者更复杂的其他原因，我就难说得清了。我认为大家只需注意他们之间的爱情故事有一些微小差异就够了。

要很完整地讲舅舅的故事很困难。我最好删繁就简，概述一遍舅舅枪毙雪雪亲爸爸的事。讲这一段，主要是为了满足妻子的愿望。她认为这段旧事里包含着相当深厚的人性意味。我看不出有什么意味，却有义务讲它。我毕竟是雪雪的丈夫。

1. 舅舅很快就和李慧兰结婚了。我从此有了一个十分漂亮的舅母。

2. 舅母坚决不要孩子。把怀上的也打掉了。在此后的八九年里，她一共打掉了三个孩子，后来干脆就丧失了生育能力。开始舅舅还打过她，后来不知怎么就不吵不闹。自从有了雪雪，一家人变得和和气气的了。

3. "镇反肃反"，李学文都平安无事。一九五六年他突然叫一个仇人给告了。县委严令查办。舅舅当时是公安局副局长，回到家就跟舅母发脾气。舅母说："我看咱们离婚吧。省得连累你。"舅舅狠了几回，终于舍不得洋学生。审案时，李学文罪行不少，杀过人强奸过妇女，一九四九年后还伏击过"土改"工作队，打伤了三名工作队队员。这无疑是一个漏网反革命。但不知怎么回事，上级竟没有追查这反革命如何漏网的事。枪毙李学文那天，是舅舅带队执行。李学文在牢房里呼天号地大喊冤枉。见了妹夫跪在地上："兄弟，我冤枉啊，我杀过小鬼子我有过功劳这你知道哇！"舅舅苍白着脸说："功归功过归过。杀人抵命。我不能徇私枉法！"李学文愣一会儿就破口大骂妹夫也骂政府骂自己。舅舅哆嗦着指挥战士勒住李学文的舌头，押赴刑场。从公安局到刑场有三四里路。那会儿还没兴汽车拉着游街。几个战士轮班拖着打坠的李学文拖得尘土飞扬。沿途人不少,都一声不响地看热闹。李学文满脸冷泪喊不出声音。到了刑场被一脚踢倒在土坑边上,舅舅一声口令小旗一摆,砰一枪李学文就脑浆迸裂窝进坑里。除掉了这一带最后一个大土匪头子。

4. 据说舅舅回到家里大病一场。病好以后被上调到地区中级人民法院升任副院长。走的时候,两口子抱着李学文夫妇刚满月的女儿雪雪(雪雪妈是在李学文被镇压后的第十二天服毒自杀的)。

5. 据说,那以后舅舅再没提过生孩子的事。

6. 据说,那以后舅母再没说起过离婚的事。

7. 据说,舅舅死后舅母痛哭了两天两夜一句话不说。慰问的人感动得无不落泪,为这对夫妻的深厚情谊慨叹不止。

8. 据说,舅舅死后的第二个月,舅母就搬回老家去了。

上边说到的这些,好像都是雪雪讲给我的。我在某种程度上怀疑它的真实性。我估计大家也会有同感。

我觉得非说不可的是:舅母是我上一辈亲人里,也是我这一辈年纪稍大些的人里唯一的长着一口整齐的雪白牙齿的人。

这或许也是因为生活对每个人不太相同的缘故。

人们对于自己生存的这个世界看法不尽相同,原因或许仅仅在于人们生活地域的不同。说到生活本身,它于每个人来说差不多。非要去寻找这不同那不同纯粹是一种自作多情的愚蠢之举。我曾不断自作多情而且继续有愚蠢之举。这毫无办法,完全是由生存空间决定的。当我在昨天乘上飞机从北京返抵长春的一个小时多一点的航程中倚舷窗眺望的时候,我越发深刻地感受到了这一切。道理何在我说不出,我就有这种感受你有什么办法?况且我也从未让别人跟我一样是不是？

　　MD82迅速爬高。几秒之间地面的一切就变得渺小。云像尘土一样弥漫了舷窗，湿漉漉的感觉来得真实而强烈。当机身平稳呈水平飞行时，我开始凭窗鸟瞰，于是我就想到了地域方面的问题。我注意到地面是一只扁圆的盘子。一条条白线宽宽窄窄将它切割成各种几何图形。绿灰黄三种颜色构成了它的基本色调。河流和山峦和平原只能凭借人的空间想象去确认。飞机在灰蓝的天空中飞翔，犹如巨大而孤独的灵魂。无所依傍感和淡淡的零落感像稠蒙蒙的云雾一样时隐时现。嗡嗡的机鸣使你意识到了肉体的存在。松软舒适的座椅使人在一瞬间设想跌落海水或沙滩的某种空旷的心境。我觉得我可以看到我的家乡甚至可以将这个世界尽收眼底。我就努力张望。然而我失望了。我看到的大地全无区别，飞机的移动丝毫不能改变大地面貌的相似。我于是开始怀疑自己的"地域说"。后来我从一位数学教师那里得知，在一万米的高度看地面，直线最远距离是三百五十八公里；最大面积是八万五千平方公里。由于阳光和大气尘埃的障碍，人的可视距离就相当可怜了，最大限度也不会超几十公里。这使我感到安慰，使我依然相信自己的话——虽然是我异想天开和一厢情愿。

　　为什么要讲这些混乱不堪的东西，连我自己也十分莫名其妙。我猜我一定是企图说明什么或要由此引发什么。究竟是什么？大概就是为了接着讲雷同的故事并且以此来显示自己对世界的认识独特或者仅仅出自一种变态的表达欲。

　　我无情地揭发了自己之后也就获得了某种程度的轻松。我就又可以理直气壮地讲这个杂乱无章无法感人的故事了。

是这样的——在我们这个家族中，每个成员似乎都有故事。按理说我该讲爸爸和妈妈了。但我发现一讲到他们我就词不达意甚至忍不住要弄虚作假。为了保护自己可怜的诚实，我只好不讲他们。至于我大哥，我想他根本没有值得讲的东西，提起他我就心烦。这样一来好像还有一个姐姐好讲，而且还会引出一个人来，而这个人就是我前面说起过的那个朋友。

姥姥死的那天，我正在这个朋友家里下象棋，姐姐哐当闯进来。她气急败坏地拽我，大声说："老疙瘩，姥死了。"我没理由不信，推开棋盘就跑。姐姐跟在我后面，一边哭一边叨咕一些话，我无法听清。

我看见姥姥靠墙坐着，一绺头发披下来，木梳还捏在手里。她大概正梳头就咽气了。我爬上炕叫她。

姥姥当时还没有死。我看见她缓过一口气，说："老……疙瘩……"她还伸出手摸到了我汗湿的脸，然后她的头一歪，死了。我又一次感觉到姥姥的手又粗又大又硬又凉。我哭了，泪弄得我看不清什么。姐姐也哭，还扳着姥姥的头连声叫："姥！姥……"

那天夜里，我和姐姐守在姥姥的尸体旁边。爸和妈去找人帮忙。我看见姥姥十分安静地躺着，跟睡觉时没什么两样。她依然十分高大。没有当年我想象的小脚。

姐姐始终哭。我想姐姐比我们所有人更孝敬姥姥。她哭得如此伤心合情合理。更主要的是，姐姐此时已经二十岁，她终于失去了最后的保护人。她不能不哭。

我知道她正和我那朋友相爱。我那朋友和我同岁。我敬重他。我姐姐爱上他我十分高兴，我情愿叫他姐夫。他一直跟我姐姐叫玲姐，我姐姐叫他小弟。这个爱情并不特殊，却带点抒情色彩。

我说姥姥的死让姐姐失去了最后的保护人，并不是为了故弄玄虚。那时我爸爸在县政府办公室当主任。造反派夺了权他就在家闲着。后来他开始紧张，因为有人在县委大院贴他的大字报。我记得我那时对什么都不太感兴趣，只知道跟小弟下象棋看杂书打发日子。家里发生什么事情我更不放在心上。我觉得这个家跟我关系不很大。说心里话，我看不起爸爸。究竟为什么？说不清楚。反正是有点看不起。

记得有一天晚上，我家来了一个年轻人，二十六七岁的样子。爸妈像迎祖宗似的待他。我影影绰绰知道这人是县里一个司令部的总司令。他很客气也很傲慢。他请我和姐姐一块吃饭。我看看他，一句话没说就走了。门被我摔得哐当一声。晚上回到家，若不是妈妈拉扯，爸爸手里的炉钩子怕要刨漏我脑袋。

我看见姐姐趴在我的小炕上哭，姥姥坐在炕头叨叨叨骂人。我问怎么回事，姐姐只是哭。姥姥说："你那混蛋爹要把玲子嫁人。"我问："嫁给谁？""嫁谁，就是今儿请的那祖宗。"

我觉得我要杀人，在屋子里转几圈就冲进正房。我说："你们要把姐嫁给那小子，没门！"

爸爸骂了一句，说："这事轮不着你管！"妈也说："你懂啥。"我再吵，爸爸重操炉钩子赶出来。我跟姥姥说："姥，你能帮姐。"姐一边叫姥一边更悲切地哭。

姥姥拍着姐姐的脑袋，恨恨地说："有姥在有姥在。姥给你做主！"

事实是姥姥阻止了这个即将成功的婚姻。说阻止不如说暂时阻止了准确。

爸爸还是如愿以偿，进了革委会。姥姥死时，那总司令是革委会副主任。他一手张罗了姥姥的丧事。由于他，爸爸好像很扬眉吐气。我预感到姐姐面临着巨大的危险。同时我更知道，无论姐姐小弟还有我，都将无所作为。二哥在家，或许能阻止他们，但二哥那时已成阶下囚。

果然，姐姐真就嫁给了副主任。这事是在姥姥丧事两个月之后。

那天，小弟躲在我的小屋里。他傻子似的不说一句话。我看见他的眼睛没有光泽。我没安慰他，我无话可说。我觉得自己是世界上最完蛋的弟弟。我耳边响着姐姐昨天晚上绝望的哭声。我发现眼泪在无声滴落。这时候小弟终于哭了。我们俩就抱在一块哭。这很丢人。

以后的事情就没有什么可说的了。

姐姐结婚半年的时候，副主任调走了。一九八三年，那副主任被捕入狱，姐姐办了离婚手续，回到故乡在火葬场当工人。我不知道她为什么不来长春却偏偏要回到一个亲人也没有了的故乡。我推测她是去找小弟的。而小弟这时候已经结了婚住在吉林市。他是在姐姐结婚后就离家出走并且一直再没回去过。今年秋天，我在长春车站看见了小弟。他告诉我他回家乡去给他爹送葬。他还告诉我他在火葬场遇见了玲姐。说到这里他就哭了。他身边站着他美丽的妻子。她一直东瞧西看，对小弟的哭无动于衷。我说："玲姐死了，半个月前死的。"小弟说："我知道了我知……"他说不下去，转身就走了。我喊他他也不回头。小弟的妻子跟我说："你别往心里去，他就是这个样子。"我看了她一会儿，说："他以前不是这个样子。"然后我撇下她走了。

到这个年龄，我已经不会哭了。虽然我心如刀绞，但我没哭。我知道哭与不哭都没意义。

我回到家里跟雪雪讲我在车站看见小弟了。说完我就再也忍不住，泪簌簌流下来。我一下子把脑袋埋在雪雪怀里。雪雪也哭了，轻轻搂着我轻轻抚摸我乱蓬蓬的头发。

我想我只能跟雪雪哭。我只能跟我的妻子哭。

讲别人我喋喋不休，讲我亲爱的姐姐我却如此简单。这使我感到对不起她。但我实在无话可说。我不知道姐姐的在天之灵是不是会原谅我。但无论如何，老疙瘩无话可说。而老疙瘩却误以为有好多好多话要说似的。

现在，我看着自己写下的东西，吃不准是不是该讲下去。我很有点心神不定。我就转回身看妻子。雪雪怕影响我的伟大创作，正戴着耳塞看电视。我也看电视。里边正播映"获奖歌手电视歌会"。我看见屏幕上一个小伙子正高举手臂挥来挥去眼睛挤挤眨眨，一会儿嘴张得老大一会儿撮成盆沿状。他也笑也严肃也轻佻也庄重。我听不见他的声音。我觉得这很叫人激动。我接着看见他双臂向上一伸，面目狰狞地抻长脖子嘴张得几乎和脸一般大。我发觉我的心猛一抽。我知道了自己心神不定的原因：我想起了我大哥。我一直回避说到我大哥，是因为大哥让我心酸让我痛苦让我欲哭无泪让我终生不得安宁。

我不知道讲完这个故事之后大家会怎么看我，更拿不准雪雪会怎么看我。这可能是我一直不敢讲大哥的最根本原因。现在我明白了。我不能把这些事带进坟墓，我应该把它说出来。

我认为：作为讲述人，我愿意让它充满悬念从而使观众听起来夜不能寐。但我不能违背事实，我至少要对我的大哥负责，对我尚存的良知负责。

所以我请大家相信这个故事是所有故事中最真实的一个。

说起来叫人难过。

大哥和爷爷长相差不多。他十多岁就长一张核桃皮似的面孔。他只是没胡子也不留小辫儿，否则真就是爷爷了。大哥比二哥大两岁，却没有二哥一半高。我长到十岁的时候，也已经超过他半头。他说话尖声尖气，这和他那张黑乎乎的老脸十分不协调。更不幸的是，他还傻乎乎的。直到二十多岁还要吃鼻涕。

在我的记忆中，大哥除了吃鼻涕的怪癖，还有一癖：晚上跑出去扒墙，爱看女人的花衣服。这无疑会给家人带来烦恼。

我刚记事的时候，大哥曾经攥一把土往我嘴里塞，我咬了他的手指头，差一点将他青筋暴露的手指咬断，血染红了他的手掌。我从此恨他，总找机会坏他。

大哥每天晚上差不多都跑出去扒院墙。家里的院墙让他扒倒了无数次。后来干脆就不修了。于是他就刨房根儿的土。这让他吃尽了苦头，弄得指头出血，疼得扯开嗓子尖厉地号叫，搅得四邻不安。

不过大哥有时候还是很听爸的话的。白天他可以狗似的蹲在大门口看家，生人别想踏进我家门槛一步。他还能在我的监督下劈柴，他一边嘻嘻笑一边劈，能十分精确地把木头劈成均匀的小条条。引炉子最好用了。

六

有一回他闯了大祸，从此他开始走下坡路。

那天他竟有兴致上街闲走。他看中了一个姑娘身上的花衣服，先是跟在人家身后，走一会儿就扑上去扯。姑娘回头就看见他的老脸。他一边用力扯姑娘的衣服一面龇着黄板牙笑，涎水顺着他的嘴角流下去。姑娘惊叫一声就晕了。如果不是行人揪住他并且揍蒙他，他完全有可能将姑娘剥得一丝不挂。

祸闯大了。姑娘的父母找到我家，我爸爸妈妈赔着笑脸求情。最后达成协议：赔偿损失费五十元。那年头钱很实，五十元直顶眼下二百元用。我爸爸一个月工资才四十二块五毛钱。无论如何这损失太大了。

这时候大哥还在嘻嘻嘻笑，嘴里不停地念叨："花衣花衣咧。"爸爸看他一会儿，走过去就抽他一个耳光。大哥尖叫一声土豆一样滚向屋角。二哥说："爸，他傻你打他有啥用？"爸恶狠狠骂："傻，傻还知道追女人！"

大哥就趴在地上尖声号叫。

后来爸爸就用绳子把大哥绑上挂进小耳房。大哥不哭反而嘿嘿嘿笑。有时候他把脸贴门玻璃上朝外张望，一看见鸡拉屎就尖叫着踢门，接着用大脑袋撞玻璃。

再后来大哥闹得凶了，爸爸就把他的手脚全都捆住，把人拴在柱脚上。除了吃饭，一会儿也不松开。这样就不必担心他肆意破坏耳房里的所有设施。但我们每天晚上就更难安静入睡了。他彻夜号叫，尖厉的声音简直可以刺穿心脏。他还时常把屎尿拉在裤子里，弄得无法洗涤。

再后来爸爸就干脆不给他衣服穿。

他的皮肤非常粗糙松弛，肉皮皱巴巴耷拉着。生殖器茁壮得与身材不成比例。我记得我曾经和两个小伙伴用小棍拨弄他那东西。起先他还尖声叫，后来就嘻嘻笑，再后来就嗯嗯嗯哼，再后来那东西就一点点粗大直立起来跳动。这使得我和两个伙伴吓得狂奔。我想,这大概是我所受到的第一次性教育,它充满了恐怖、羞愧和罪恶。

再后来大哥就快死了——他一直被关了两年多。

爸爸终于将他放出来。大哥变得老实多了。除了继续吃鼻涕以外,别的癖好似乎都没有了。这使大家都松了一口气。那一年我十岁。

那一年,是一九六〇年。大家都知道那一年是怎么回事。死的人很多,好像大部分是因为食物方面的原因。天灾人祸,历史可以忽略不计。

这是故事之外的闲话,我还是讲一九六〇年以后的事情。

我家里似乎也没有什么东西吃,这不准确。应该说有酒糟和苞米面混成的发糕,有菜团子,有豆饼。到了冬天,恐怕真的就没什么东西可吃了。

北方的冬天特别难熬。下过雪,风就把地皮吹裂了。肚子空,就更觉得冷。我们哥儿几个整天围着破棉被挤在炕头,只眼巴巴盼老子回来。爸爸总说:毛主席还啃窝窝头呢!咱老百姓挺一挺就过去了。我们都信爸爸的话,只是肚子饿得受不了。我想这不值得抱怨,我家的生活也许相当不错,否则一定会死人。这证明我们家的人会享福。

但是,我家遇到了灾难。灾难的性质不带社会意义,只是一种个别的偶然的现象。这也是造成故事平淡的原因之一。

灾难之一:

二哥不知从哪儿得到的信息。回家把我和姐姐叫到一块,说:"告诉你们,刮硝土能换钱呢。"这的确是一项十分叫人眼馋的事业。我们就找了一对土篮子一把铲子和一条扫帚。

　　天挺冷挺冷。地上没有雪。它们差不多都让风旋到洼地里去了。灰茫茫大地上有雪沫和尘土贴住它滑动。我走起路来觉得非常吃力，但钱的诱惑使我坚定不移地走下去。二哥在风里鼓吹刮硝的好处：可以换钱。知道吗，换了钱咱们就可以买一两只兔子或鸡。换得多，说不准能买一头猪呢。口水从我的嘴角淌出来，用袄袖子擦了。看看二哥，他的喉咙像是咽什么东西一滚一滚的。姐姐看着二哥，一副崇敬的面孔。

　　我们终于走上一块平坦辽阔的冰面。二哥踢一脚，一股白雾涌起，露出暗黑色的冰来。二哥说：“就扫浮在上边的白面，你们扫，我挑。”

　　那时我未曾想到过二十多年后我还会写小说讲故事，否则我会彻底弄清楚"扫硝"是怎么回事。当时只糊里糊涂地听二哥说把白面儿（硝？）收起来，放进大铁锅里熬成碱索。碱索就可以卖钱。我估计二哥也不知道究竟是怎么回事，他充其量知道把土碱面挑到人家作坊，换几分钱就是了。

　　打碱面并不轻松。看上去白花花老大一片，扫得腰酸腿疼也扫不满一筐。但我和姐还是坚持扫。扫满一副土篮子，二哥就挑它们回镇里。我看见二哥走得小心，两只手把着筐梁半点也不歪。从我们这到那镇里至少有三里路。可以想象二哥会累成什么样子。

　　我和姐留在野地里，顶着西北风扫土碱，四周平展展无遮拦，天都冻成青苍色。风把人的手刮出一道道血口子，血凝在手上，手就伸不直，我忍不住哭了，姐把我的手塞进她怀里暖着。两只手焐着我紫红的脸。待暖一暖，我仍旧咬着牙干活，我想象着,二哥换回一大把钱,然后买一只大兔子,然后回家,然后炖了,然后我吃个大肚蝈蝈,然后我就美美地睡觉。我就这样一边想象一边干活。

二哥终于回来了。他把手伸到我和姐眼前展开五指,大手掌上赫然趴着两枚二分的硬币。他的脸上挂着让人羡慕的笑。有热气从他的破皮帽子旁边飘出来。

我哇哇地哭了:"才四分哪?"我真想立刻回家去。姐擦我的脸,说:"四分也不少哇。五挑就两毛钱哪。"二哥说:"积少成多嘛,用不了半个月就能买三只兔子。"

就这样,二哥领着我和姐姐天天出去扫碱面,后来妹妹也跑来跟着干活。二哥只管挑。这样,每天可以换两毛四分钱。

那真是一段使我每回忆起就要激动要悲伤要痛苦要骄傲要糊涂的日子。这日子以二分硬币积累到一百六十六枚作为结束。这个时候妹妹病了。她病得很厉害,起不了炕。稍近一点的地方没有碱面可扫了,我们就停止了艰辛又充满希望的劳动。

二哥领着我在乡下的猎户手里买了两只兔子。我将它们背上,兔子毛暖着我。进了镇子,哥领我进小卖店,他转来转去转了一会儿就掏出所有剩下的零钱。

他问我:"老疙瘩,小伙子要心眼儿大是不是?"我说:"二哥,我啥都不要。别绕乎了。"二哥怪不好意思地笑了,他就买了一件红花黄底的布衫。

妹妹这天精神一些,知道要东西吃。妈妈高兴坏了,二哥买了兔子回来她更高兴,乐颠颠收拾。

二哥说:"老妹儿看哥给你买了啥?"他抖开那件小布衫。妹妹竟跳起来去抢。她几乎摔了。她穿上又脱下又穿上又脱下。

045

大哥不知什么时候溜进来，他嘻嘻嘻笑着。小妹连忙把衣衫压在枕头下面。

叙述到此，聪明的读者已经有预感：灾难之一肯定与大哥或者小妹或者花衣衫有关。

的确与大哥小妹花衣衫有关。我尽可能让它不带感情之类的东西。这是出于一种道德范畴的慎重的考虑。

事情就发生在当天晚上。一家人都被我们的劳动果实弄蒙了，根本没预料到会有事故发生，吃过饭一家人就去睡觉。生活在这天变得十分美好。于是就出了事。

半夜的时候，姐姐的屋里传出一声让人害怕的叫声，那无疑是妹妹的叫声。接着是姐姐招呼小妹的声音，接着我们又听见了大哥嘿嘿嘿的笑声。接着我们都跑进姐姐的屋子。接着灯光下我看见妹妹牙关紧咬人事不省，姐姐正抱着她连声呼唤。接着看见大哥一边嘿嘿嘿笑一边撕扯那件花布衫，那布衫已经成了若干布条。我还听见他叨咕："花衣真好看花衣真好看。"我还注意到他没有穿衣服，皮肤青紫色，生殖器冻得缩在黑毛草里抖动。接着我听见二哥大吼一声。接着二哥一脚就把大哥踢出屋门。二哥打大哥这是唯一的一次。

妹妹终于醒过来，尖叫一声从妈妈怀里挣出去，一边朝外跑一边喊："给我衣裳给我衣裳！"二哥一把抱住她瘦小的身体。她又撕又挠，二哥的脸流出鲜血，但二哥坚持没松手。

很清楚，妹妹让大哥给吓疯了。

妈妈拍着炕沿哭得天昏地暗。爸爸骂一句什么叹一口气，他没哭。

灾难之一讲完了。现在讲灾难之二。这一回没有什么意外的变故。一切都顺理成章——灾难之一导致了灾难之二。

妹妹从此精神失常。她整天把她的几件衣裳抱在怀里，再不就是东塞西藏。最难办的是她总往外跑，曾经跑丢过四次。后来爸爸把妹妹送进洮南精神病院住了半年多。秋天回到家却不见明显好转，只是不太往外跑了。

这本身就蕴藏了第二个灾难。

时间到了第二年冬天。这年冬天出奇冷。我无法形容冷到什么程度，它使人不敢出屋。这更预示着第二个灾难的发生。

那件事发生在一个雪不很猛烈的下午。我们好像突然间就发现妹妹不见了。于是大家就分头去找。一直到晚上也没找到。大家认为晚上也要找，不找到不行。

我已经冻破了脸，但我还是跟着二哥和姐一块出去。那时雪已经停了。道路上积雪不很厚。雪很疏松。月光下踢起的雪粉熠熠闪光。有几颗星很畏缩地亮着。风没有一丝。夜冷得十分干燥。如果没有找妹妹这事让人心焦，这无疑是绝顶美妙的冬夜踏雪行。我们自然没那种心境。夜空中不停迸发出我们呼喊小妹的声音。喊声可想而知异常干涩嘶哑悲愤。

我们就这样找了差不多一夜。天快亮的时候，我们终于找到了妹妹。那时候有一缕月光亮起来。我们能看得遥远一些。我们看见一个白色小丘。我当时就说："是妹妹。"真的是妹妹。身上盖了一层不太厚的雪。身体的某些部分露在月光下，是黑色的或是紫色的。

我没必要把气氛弄得悲悲戚戚，我只明确地告诉大家：妹妹已经冻死了。很明显，她怀里不会不抱着她的几件衣裳。那些衣裳很破旧打了补丁。同样显然，那件被大哥撕破又被姐姐连缀起来的花布衫也在这些衣裳之中。

总之，她冻死了。至于她为什么非要冻死在这片盐碱地里，我无法做出回答。

是二哥把她抱回去的。这之后的事情没什么可说的。

如果我的眼界开阔一些，心胸开阔一些，我就不会把这两件事说成灾难。平心而论，比这严重，值得哭的事多着呢。我完全没有必要这么煞有介事。

现在，我的故事终于到了结尾。前边讲的那许多，想来是在拖延时间。目的在于利用这段时间考虑一下怎样才能最冷静地完成最后的故事，使全篇有一个完满的结局。现在我终于想好了，那就是把诚实贯彻到底。

我发现我恨大哥由来已久。我认为大哥害死了妹妹，我甚至怀疑他有一天会害我。我看得出来，全家人都有这个想法，只是没谁说。

大哥丝毫没有负疚之感，妹妹出殡那天他照样嘻嘻嘻笑，焦黄的大牙齿上粘着半透明鼻涕，涎水不断地从他湿漉漉的嘴角上流下。那天他格外兴奋，在人群里窜来窜去，一只猩猩似的发出没有内容的叫声。那天，别人不太好伸手打他。

自从妹妹死后，大哥每天晚上都要一直尖叫叫到黎明。白天他睡完觉就追逐日光下群卧的鸡或者把雪沫鸡屎人粪扬得漫天飞舞。毫无疑问，家里叫他闹得没了最起码的安宁。家人好像变得激动不安，言行举止都有些神经质。爸爸和妈妈经常吵架，有时候交换耳光，一般都是你一个我一个十分公道。最温柔的姐姐有一回也用笤帚抽破了大哥的耳朵。

后来我们一致同意将大哥重新绑起来关进小耳房。他依旧在里边吱吱叫。有一天他不叫了。看来,已经奄奄一息。于是又把他弄回正房。待缓过来依然故我。再关押再释放,再释放再关押。就这样反反复复一直熬到了一九六三年夏天。

这是个新旧交接时期的夏天。大家都知道第二年夏天整个中华人民共和国就变得阳光灿烂,有饭吃有衣穿有肉吃有酒喝全地球上所有的东西我们全都有。但那时我还不知道明年夏天与今年夏天会完全不同。我只预感到我们家今年夏天的运气有可能好转。我更预感到:能否好转将取决于我的行动。

这就越发接近了故事的结局。

行动的对象只能是我大哥。

这无疑是一个残酷可怕的选择,它可能给我的一生带来不幸。我当时并没有想到这种后果,也不可能想到。我没有一点替自己开脱的意思。事实就是如此。你们应该知道:那年我十三岁。对一个十三岁的傻乎乎的孩子,你要他怎么样呢?

我告诉大家:我"杀"了我大哥。一瞬间的情境促成了它。

那天我去镇边的水泡子洗澡。就在我要爬上岸的时候,我看见了大哥。

这是黄昏。红色的太阳就要沉没。天空浸泡在橘红的云霞里。没有风。天空平静得和我的心一样。泡子里的水没有波纹,像天空那样平静。有一只蜻蜓落在岸边的一棵草上,翅膀透出红色的光辉。大哥就在这个时候来了。

事后我想:如果他那时不来,如果不是在那样一个夏天,如果不是在那样一个夏天的一个黄昏,如果不是在那样一个夏天的一个黄昏的那个时刻,如果……我就不一定杀他。这一切只说明我没有也不可能有别的什么选择。

就这么回事。

大哥就站在岸边。我正在齐腰深的水里扑腾。看见他,我就游过河心那片有两人深的地方爬到了河的对岸。

我讨厌看对面那张奇形怪状的脸。我就边用裤衩胡乱擦着身上的水边盯着水看。那会儿太阳几乎不见踪影了,却奇怪地把一抹玫瑰红和金黄色零零碎碎地洒了一河面。那会儿的河真美。那会儿我还是个屁事不懂的毛孩子,按说根本就不会明白什么叫美。可那会儿的河真的很美。所以我认为有的美是个人就懂。

大哥也懂。因为我听见了河对岸发出的笑声。

"花衣裳好看真好看。"他叨咕一阵。又笑。眼睛和我盯住的绝对是一个地方。

我盯一会儿河,再盯一会儿大哥。我希望大哥死。就在这里死。奇怪的是我想这些可怕的念头时心里一点也不紧张也不害怕,相反十分平静。

"花衣……"大哥又叨咕着嘿嘿着。

"花衣裳!花衣裳!"我也冲他冲河里喊。

"花衣……"

"花衣裳!快!花衣裳!"

我们俩就这样一唱一和一喊一应了二十多遍。我希望看到的事情终于发生了。大哥仍嘿嘿笑着叨叨咕咕着,却让自己的身体一摇一摆地挪到了水里。这一年大哥差不多二十二岁。他头一回像他那个岁数的人那样精确地明白了我的心思。他一边朝水里走一边还冲我叨咕花衣真好看真好看。水漫到了他的腰漫到了他的胸。很快,水面上就只露出他那颗丑陋的脑袋。我知道就要发生什么事了。我兴奋起来,更加声嘶力竭地冲他继续一声一声喊:"花衣裳!花衣裳!花衣裳!"

直到我听见了大哥的一声尖叫和噼噼啪啪的击水声,直到我看见大哥那颗硕大的头颅在紫红色的水中冒了几次,细小的手扑打着紫红色的水面,水花闪着紫红色的光芒,同时水面传来没有节奏的清脆的响声,我才突然抓起背心裤衩疯狂地拼命地跑 一连摔了几跤。我就哭起来,我就一边哭一边兔子一样奔跑。

回到家我什么也没说。家里人也没问我看见大哥没有。事后我想,如果当时他们中间任何一个人问我,哪怕是问与大哥毫无关系的话,我也会告诉他:我杀了大哥。然而没人问我什么。到了夜晚也没有谁问起过大哥。

第三天中午,泡子里漂起了大哥肿胀的尸体。那是一具脑袋占了全部身长四分之一的一米多长的尸体。露出水面的那片肚皮上,落着一些苍蝇。

就这些。

我的故事终于讲完了。如果说还有一些我刚刚提起又丢下的故事和人物,我已经没兴致讲了。无论如何,故事到这里必须结束了。

如果说我自己还有什么想法,那就是恳求大家等一等再说话。

我认为有必要告诉大家关于结构处理方面的问题。巴乌托夫斯基先生的那段话我原本是放在最后的,但现在我把它搁在题记的位置上了。我这样干是出于对自己的偏见的修正。也就是巴乌托夫斯基先生的话太有道理而我太没道理。我发现自己太偏狭太小家子气太那个。

最后我还想说一遍我说过无数遍的那句话：生活对每个人不太相同。

这句话是不是说得太轻松了？

值得怀疑。

《中国作家》1987年第2期

遥远的白房子

高建群

一、男人的故事

一只饿鹰在荒原上空盘旋,它用犀利的目光搜索着猎物。

它看见的是一块死海:黑色的沼泽地,白色的盐碱滩,疲惫地站着的沙枣树,灼热的沙丘,还有,那座默默僵卧在大地上的寂寞孤独的阿尔泰山。

太阳像只大火球一样,紧贴着荒原,无情地炙烤着它。阳光照在大地上,又被沙子反射回来,于是,天空出现了无数条明显的亮闪闪的曲状辐射线。

饿鹰失望了,它耐不住地长唳了两声,饥饿是一回事,它更多地感到一种寂寞。没有敌人,没有朋友,世界好像把它和这一块地方遗忘了。

正在饿鹰企图走开时,突然精神一振:它看见了地面上有一个活动的黑点。饿鹰自高空直直地俯冲下来。

就在接近猎物的一刻，一声枪响。一股白烟腾起，鹰掉了下来。

鹰没有掉在猎物的身上，它挣扎着向上飞了一下，便开始滑翔，结果，终因受伤过重，落在了一条小河的另一边。

小河已经干涸。

随着枪声，沼泽地旁边的白柳丛中走出一个剽悍的男人。一支枪担在马背上。他站在小河边，停住了。

白柳丛中，栉次走出一个个骑兵，在这男人左右站定。

要迈过小河来是件容易的事，但他没有这样做。他唤狗去叼那倒毙在地的倒霉的饿鹰。

那饿鹰看见的猎物，原来是一条狗。说是狗，其实也不准确，它的模样更像一条狼。大耳朵，黄瓜嘴，麻秆腰，拖在地上的长尾巴，再加那一身焦黄色的毛。前年春天，它的母亲，一只从内地引回来的良种狗，由于在这方圆几百里的荒原上，找不着一个配偶，只好痛苦地嗥叫着，加入了一支从这里路过的狼群。几个月以后，它带着大肚子回来了。生产后不久，在一个漆黑的夜晚，这支西伯利亚狼群又从这里经过。几百只公狼将边防站团团围定，用只有它们自己才懂的语言，一会儿柔情脉脉地说着情话，一会儿又咆哮着大声威胁，一会儿又用最无耻的语言进行挑逗，一会儿又痛哭流涕地叙述思念之苦。这畜生如何能经得起如此诱惑，便丢下未曾满月的崽儿，加入狼群中去，从此一去不回，重归原始。那畜生留下五个崽儿，因为缺奶，四个先后死去，独有这个，如今已经长大，健壮无比，孔武有力，集狗的忠诚与狼的凶悍于一身，成了老站长的心爱之物。

老站长姓马。在中国，一提到"马"姓，读者一定会疑心这是一位回族同胞。亲爱的读者确实猜对了。这老站长不单是回族，而且在许多年前，以马回回为尊姓大名，在草原上闯荡。那时他还是一位俊俏后生，随父亲，一个半是商贾半是强人的老回民，在这一带做着偷越边境的走私生意。辽阔的中俄边境上，没有什么人能挡住这些走私犯嗒嗒的马蹄声。他们将中国内地的各种工艺品、山货、皮毛，甚至阿尔泰山的黄金，装上驮子，运到斋桑泊后边的阿拉木图，甚至翻越茫茫草原，叠叠野岭，直抵莫斯科城下。接着又贩回各种新兴的日用品，卖给居住在这荒原地带的哈萨克。至今，在哈萨克的词汇中，许多日用品，例如热水瓶之类的，就沿用着俄语名称，枪支也是这样。

在这风一样往来无定的奔波中，后生渐渐长大。世上辅助男人成长的东西有两个，一是酒，一是女人。在中亚细亚辽阔的原野和尘土飞扬的大道上，有的是酒馆和女人。年轻俊俏的后生慢慢地胡楂密布，慢慢地变得骨骼坚硬孔武有力，而终于有一天，在经历了无数个女人之后，他拜倒在一条石榴裙下，不能自拔，从而毁了自己。

她叫耶利亚。她属于最后的匈奴，一个业已泯灭了的民族。在中亚细亚栗色的土地上，散落着许多的种族，他们在那里生息和繁衍，世世代代。他们大约是在那遥远的年代里，匈奴民族横跨欧亚，向黑海和里海以至多瑙河畔迁徙时，撒落在这路途中的他们的后裔。我的炊事班长被处决的地方的那一大片木质的黑森森的坟墓，相信就是属于他们的。那是迁徙年代留下来的。

她有男人。像那些代代相传的忧伤情歌唱的那样，在一个漆黑的草原之夜，嗒嗒的马蹄打破了他们的温柔梦。愤怒的丈夫领了一群愤怒的牧人将他们团团围定。不贞的女人半裸着身子，被横陈马背，带走了。她的被奶茶和手抓羊肉养大的白皙的身子，那刚才还处在亢奋状态的身子，现在缩成一团，在暗夜里泛着白色。

偷情的男人被马刀背砍，皮靴尖踢，鞭梢子抽，最后昏死在草原上。

牧人们放着喊声，用一把一米多长的大镰刀，像钉钉子一样，让刀尖穿过他的肚子，把他钉在了草原上，他们刚才偷情的地方。

黎明时分，草原上空荡荡的，牧人们已经把帐篷放到马背上，又向那隐约可见的阿尔泰山深处进发。他们从此将忘掉这个故事，就像忘掉曾经歇息过的这片草地一样。假如许多年后，他们会偶尔游牧路经此地，那时草儿已经几绿几黄，往事已成往事了。

这个被活生生钉在草原上的过路客，将要被天空那寻食的苍鹰发现。苍鹰每天早上都要在草原上巡视一遍，看有没有因春乏而在夜间倒毙的羊儿。它将为见到这个食物而欣喜，然后唤来它的左邻右舍，饱餐一顿。当然，在回去报信以前，它应当先吃掉两只眼睛，眼睛的味道太诱人了。

但是，当阿尔泰山那积雪的山巅刚刚露出一抹红，他醒来了。他艰难地，一厘米一厘米地拔掉了戳在肚子上的镰刀，摇摇晃晃地站起，捂着肚子和后腰，慢吞吞地走了。

不久，草原上就出现了一群强盗。他们的头儿是一位相貌英俊受过教育的青年。原来，强盗的头儿死了，大伙约好，在草原上碰见的第一个人，就是他们的头儿，如果他不答应，就把他杀了，然后再碰下一个人。这样，他们碰见了马回回。他思索了一阵，答应了。

正像人们所预料到的一样，强盗多方查找，找到了那对新婚夫妇。

强盗头儿没有杀那牧人。他望着那被捆住了的牧人，似乎面有愧色，临走的时候，从马背上卸下一袋在阿尔泰山矿区抢来的金矿砂，扔到了牧人脚下。对着龇牙咧嘴怒目相视的牧人，他宽容地拍了拍他的脖颈。

倒是他抽出鞭子，狠狠地打了他的情人几下，他闷闷不乐地说："你毁了我的一生，母狗一样的女人！还有……"他揪着自己的头发痛心疾首地喊："要命的情欲！"随后，把她驮到马背上，带走了。

他正式易名马镰刀。那位老商人听到这个不幸的消息后，远道而来，找到他，郑重其事地宣告和他脱离父子关系。并且不准他启用自己为他取的那个名字。马回回咆哮着，用马刀撩起衣襟，指着肚子上那个镰刀戳下的伤疤："马镰刀！"

众强盗一声喝彩："好！马镰刀！多响亮的名字！"

老商人吓了一跳，差点从马上栽下来。他打着马，朝来路走了，从此，再没有在这片草原出现过。

几年过去了，过去的马回回不见了，人们看到的是一位面色铁青，体形剽悍，目光阴沉，寡言少语的马镰刀。过往的走私犯为他提供了枪支，破产了的淘金工人为他扩充了队伍，他成了这一带的草原王。

这时候，左宗棠已经离开新疆，一八八三条约线已经签订。大家知道，一八八三条约线的签订，使中国失去了一百五十万平方公里的领土。这些，公正的列宁在他的不朽的著作里，已经做了倾向性鲜明的论述，这里就不啰唆了。加之，小说所要讲述的故事，是发生在这些事件以后，和事件本身没有多大的牵连。

条约线签订以后，中俄边界时有事端。马镰刀日益势大，清政府见奈其不得，便用了招安的办法，给他封了个职务，又在荒凉的边界地带盖了一座白色的房子，令其驻守。

马镰刀长叹了一声，用一部流传在中亚细亚的奇书——《福乐智慧》里的两句话，为他的侠盗生涯做了总结：

> 我放走了行云般的青春，
> 我结束了疾风般的生活。

然后，带着他的糊里糊涂的漂亮妻子，到边防站就职。他还三十岁不到，却显得异常衰老，头上甚至已经有了白发。看得出，在从事强盗这个职业的岁月中，他的内心一定经历了无数的痛苦。现在他阴郁的脸上开始露出微笑了。

他把几年来积攒的一点钱财，从妻子那里要来，平均分给了所有强盗，让他们各寻生路。这些强盗大都是些破产的农民、牧民和淘金工人，各民族都有。有些拿到钱财之后，便返回故乡去了，有些穿着士兵的衣服，跟他来到了边防站。

二、女人的故事

边防站坐落在一片草地与沙漠相杂的空旷原野上。阿尔泰山隐约可见，一条大河在边防站围墙外边喧嚣。这条大河叫额尔齐斯河，它发源于阿尔泰山，穿过中亚细亚栗色的土地，流入沙俄境内，与鄂毕河汇合，注入北冰洋。根据一条未经证实的传闻，大诗人李白,就是溯这条河而上,从碎叶城进入祖国内地的。

在马镰刀的时代过去很久以后,本文作者作为一名普通的中国边防军士兵,曾来到白房子边防站服役。他惊叹于这里夏天气候的酷热,根据气象预报,气温会高达四十六摄氏度以上。他惊叹于这里冬天气候的寒冷,气象预报显然是保守的报法,低达零下四十六摄氏度以下。这里有半年时间,人们的大头鞋是踩在冰雪之上的。那么,夏天好一点吧?不,夏天更令人生畏。相信这里在许多年前是一片黑色的沼泽,现在沼泽已退去,但芨芨草、芦苇茂盛地生长起来,成团的蚊子就附着在这些绿色植被上。你试图向草丛中伸一下脚,立即,轰的一声,周身密密麻麻落满了蚊子,绿军装变成了黄军装。至于住宿的房间,那简直令人说来不寒而栗:房间的四个角上,蚊子如同蜜蜂王朝一样结成一个拳头大的疙瘩,终日不散。为了防蚊,人们穿上厚厚的衣服,擦上防蚊油,戴上防蚊帽。但是,拉屎的时候怎么办呢?人们只好点燃一张报纸,趁火未熄时,就得提上裤子,要不屁股上就会落上一层。每当这时,大家就咒骂着这第一个建站的人。曾经有几任领导向上级建议,将边防站改建在地势高一些的沙漠地带,但都遭到了拒绝。因为上级一直履守着"维护边界现状"这个国际准则。

马镰刀领着他的队伍来到边防站后,便开始了苦役般的生活。白日巡逻,晚上站岗,所经所历,不必细述。

营房是一座相当结实的土坯房。用黑色碱土打成土块,然后垒起。外墙用白灰刷过,远远眺去,在昏蒙蒙的荒原上分外醒目,所以人称"白房子边防站"。一溜黑色的土墙,将白房子围在中间。院子里有一口井,井很浅,因为临近大河。吊水用的是一种杠杆原理,正如我们今天从地理教科书上所看到的波斯人的汲水方法一样。每天早晨,马镰刀的妻子来这里打一次水。马镰刀的妻子住在边防站紧靠围墙的地方。那是一座用白柳条子编成的房子。双层柳条中间夹着牛粪,里层又钉着毡,很暖和。

茫茫的天宇下,与世隔绝的地方,一个胸部丰满的女人和一群野性未泯的男人,这里边本该有许多故事发生。可是,最初,一切都相安无事。士兵们一方面慑于马镰刀的淫威;另一方面,也被马镰刀的义气所感动,在大家眼中,她的性别消失了,她同他们一样,是一个在世界上受苦受难的、怀着朦胧的报效祖国的信念而从事单调工作的人。

她并没有吃闲饭,她放牧着边防站的一群近二百只羊。这是一个不可思议的女人,她的美丽不知得力于哪一次母亲的不贞。她十分多情,恨不得张开她那丰满的胸膛,将所有的男人都搂在怀里,给他们以温存和爱抚。在做这一切的时候,她又显得那样单纯、天真和可爱,好像不谙人事。许多年以后,当我在草原上偶尔与这位女巫式的人物相遇时——她那时已经很老很老了。亲爱的读者知道,这里新近被列为世界的长寿区之一。迟到的我除了为那不以岁月变更而变更的美丽容貌所惊讶外,便是惊叹那双清澈如春水的纯真无邪的眼睛了。你看见那双眼睛,你只能为她那往日的不轨行为叹一口气了事,你绝对动不起怒来。

"我叫耶利亚!你叫什么名字?"马镰刀的女人这样问那些刚从军的新兵。

新兵红着脸,为站长夫人打起一挑子水,跑开了。

耶利亚不忘抓住一切机会诱惑这帮大兵。通常,礼拜六的时候,她遵照马镰刀的指示,将大兵们的床单收拢起来,拿到河边洗净。大家知道，大兵的床单上常常有些他们在睡梦中不经意而流出来的东西，斑斑点点，很难洗净。每次，耶利亚都要带着诡秘的神情，向大兵们道歉，道歉的原因是她没能洗净床单。她把大家弄得神魂颠倒，又爱又恨，终于有一次，发生了这么一件事。

边防站从很远的萨尔布拉克运来了一批鸡。就要过春节了，连里有一名汉族士兵。他的父亲可能是江南的一位商门大贾，十九世纪末叶，为了扼制新生资产阶级在沿海地区的发展，清政府将一批一批这样的人物遣送到了北方，这位汉族士兵就是其中的一个。耶利亚就看中这位白皮嫩肉的汉族巴郎子（哈萨克语，少年郎）了，有时故意地在他面前撩撩裙子，叩叩靴子，或者挺挺鼓鼓的奶头。

这天活该有事。夏天的黎明，白夜刚刚过去，东方又泛白了。汉族巴郎子站晚间最后一班岗。他正在院子里转悠，耶利亚已经担了一担水桶，扭动着腰肢来了。

一瞅见巴郎子，她的眼睛里露出百般抚爱，羞得他低下了头。

一群鸡在院子里无忧无虑地觅食。

耶利亚娇滴滴地问："你看，那是什么？"

汉族巴郎子抬头一看，一只母鸡和一只公鸡，翅膀扇着，尾巴摇着，正在干着它们传宗接代的工作。

他惶惑地低下头。

耶利亚步步紧逼："告诉我，这件事，用汉语怎么讲？"

边防站静悄悄的，整个荒原静悄悄的，耶利亚清脆的嗓音好像卷来一阵暖风。

巴郎子忍耐不住了，向她走来。

耶利亚扔掉了水桶，牵着巴郎子，快步来到干草堆后边，仰面朝天躺下来，撩起裙子遮住了自己的脸。

事后，巴郎子哭着跪倒在马镰刀面前，请求他的饶恕。

马镰刀既没有处罚巴郎子，也没有收拾女人，他夹起一条毡，一条被子，离开了毡房，住进了站长办公室。

这以后不久，耶利亚的帐篷就为这一群男人所共有了。

只有马镰刀再也没迈进毡房半步。他的脸色又像先前那样忧郁。有人说，他常常在空闲的时候，怀念他那水肥土美的故乡和礼仪之邦的臣民。

耶利亚想要弥补自己的过失，可是已经晚了。她老是不明白，为什么男人都那么专横，总是把女人据为己有。"想想你，也是从别人手中夺到我的呀！"她常常远远地望着马镰刀，一个人遐想，可是到底也没想通这个道理。不过，她知道自己是做错了，她总想弥补这个错误。

她用上等的羊奶做成了酸奶子，想给巡逻队送去，可是，每次，在马镰刀那威严的目光下，她都像被钉住了的人一样，一步也不敢向前挪动。

今天，她鼓足了勇气，背着一牛皮褡裢酸奶子，看着巡逻队出发了，便迎着马镰刀走去。

"下贱的女人！"马镰刀看也没看，便扬手一鞭，随后一叩马刺，扬长而去。

马鞭恰好给她的脖子上烙了一道红项圈。她腰身一软，哽咽着坐下来。

那个巴郎子纵马赶来，眼里充满着爱怜之色，他想下马来扶她一把，又不敢，只好怏怏地走了。

待到马蹄扬起的风尘渐渐平息，耶利亚站了起来，摸着脖颈的红印子，她不知为什么反而笑了起来。她从毡房外边的拴马桩上，解下一匹母马，驮上酸奶子，尾随而去。

她不知道，在即将发生的一场变故中，一切皆因酸奶子而起。

三、巡逻

马镰刀矜持地微笑着，看着他心爱的狼狗蹚过小河，去叼猎物。

早晨，那个女人引起的一点点不愉快，已经因这一声枪响而消失。说实在的，他永远也不会理解这位迷人的女性。因为他们之间接受的教育迥然不同，而民族习性又相去甚远。那一天，对着哭倒在地的巴郎子，他的攥着刀把的手捏出了汗，却没有动手。或者，他可以找一个堂而皇之的机会，让这位巴郎子体面地去死，但那样做就不是马镰刀了。望着窗户外弟兄们一个个憔悴的蓬头垢面的样子，他突然一阵心酸。他觉得这一切的责任仿佛在自己方面似的，他可怜这些远离家乡、远离亲人、远离人类，在这荒原地带与他相依为命、出生入死的人。他原谅了巴郎子。

原谅了第一次，第二次也就原谅了。以后嘛，也就无所谓了。

他的声誉和威望反而比原来更高了。这里是荒原地带，不能用人口稠密地区的行事准则来衡量他们。士兵们从站长那发青的面孔、布满血丝的眼睛中，明白站长做出了多么大的牺牲。

不过对于从小接受过正统教育的马镰刀来说，这不能不是一块心病。他不让耶利亚靠近他的身边，这不纯粹是恨，还有一条是因为，每见到她，他就浑身发抖，怒发冲冠，他怕自己不能自制，拔出刀来。

刚才他打了她一鞭子，现在回想起来，似有几分悔意。他想起那令他情窦初开的帐篷之夜，那是他们各自人生的转折点，而溯根求源主要责任还应当由他来负，没有他，她现在也许还是草原上一个飘忽不定的牧人的妻子。从那件事一开始，他就知道她的水性杨花了，可是没有办法，连像他这样自信心十足的男人，也无法理智地掌握自己。

"考虑这些干什么呢？"马镰刀想。他使劲地咽了一口唾沫，突然感到口渴。天真热，他有些后悔没有带酸奶子来。

抚摸着尚有余热的枪筒，马镰刀心中腾出一股英雄气来。阿尔泰山比在边防站看时近了许多。它青色的岩石闪闪发光，翠绿的雪松将山根和山腰围定，而山巅，那终年积雪不化的山巅，像一位戴着白色头盔的巨人，屹立在阿勒泰草原上。

就在这时候，从他们来的那个方向，出现了一点什么动静。马镰刀皱皱眉头，遗憾地唤回了他的狼狗。那狼狗已经闻到血腥味了，实有几分不舍。它向马镰刀龇了龇白牙，马镰刀向它挥了挥鞭子，看来，男人的威严似乎更厉害一些。狼狗屈从了，摇着尾巴跑了回来。

这是一九〇一年夏天的某一天，这一天平常而又平常。这是一次例行的巡逻，与先前的无数次巡逻没有任何两样。然而，这一次巡逻，却改变了这块五十多平方公里土地的归属。至今，相信在两个毗邻国家的历史档案里，还能找到有关这一天的某些记录。

他们现在是沿着一八八三条约线前进。

这条干涸的小河就是界河，在春天春潮泛滥，在冬天也会冰封雪裹，但现在完全干涸了。阿尔泰山消融的雪水，无法渡过这漫漫荒原，到达额尔齐斯河。雪水在路途中，一半被沙漠吞噬了，一半被空气蒸发了。

相传在许多年前，这条小河还是中国的一条内河的时候，一位赶着羊群的女子路经这里，用光滑的春水洗她的乌黑发丝，不慎，她的头巾掉进了河里，被水冲走了。于是，这条无名小溪有了名字——头巾河。现在，既然已成界河，罗曼蒂克随之消失，头巾河的称谓也被人们遗忘了。

大地热得能烤熟鸡蛋。狼狗突然感到爪子发烫，一耸身，跃上马背。马已经习惯了这种剥削，它翻了翻白眼，慢吞吞地走着，蹄子自然而然地踩着上一次留下的蹄窝，这样可以省力气些。

荒原重归于可怕的寂寞。辽阔的天宇，将它的一天寂寞都压向这几个默默行走的人。刚才因为打鹰而激起的那一段情绪，现在已经没有了。马镰刀骑着马，在前面默默带路，一行人拉开五十米距离，依次相跟。

狼狗用两只爪子搭在马镰刀的肩上，渴望爱抚。

马镰刀懒得动它。

就在这时候，一个士兵自后边打马而至，报告说，界河对面一队沙俄的巡逻兵，正颠着马匆匆而来。

马镰刀其实早就看见了，但他还是点了点头，褒奖了士兵两句。

四、道伯雷尼亚

沙俄老兵道伯雷尼亚，今天早晨接到了妻子的来信。妻子在信中告诉他,他唯一的儿子,最近在参加一次进步组织的游行示威中,被警察的乱枪打死了。道伯雷尼亚陷入了极度的悲伤,他无意识地在边防站的围墙外边转来转去,嘴里嘟囔不停。后来,当意识清楚以后,他明白他是在唱一首儿歌,那是他第一次见到儿子时,为摇篮里的儿子哼的,而儿歌是他从母亲那儿学会的。

他感到日月无光。他第一次对他所服务的祖国产生了一种憎恶之情。多年来,随着一次又一次的调防,他一直在漫长的中俄边境驻守。他在小时候就听过母亲讲俄罗斯勇士道伯雷尼亚的故事。给他取了这样一个名字,不能不说是希望他将来能成为一名守卫边界的勇士。他照母亲所希望的那样做了,可是,他如今感到了惶惑和委屈。

平时挺得笔直的腰,今天不知为什么佝偻起来。他悲哀地意识到自己衰老了。他用语法不通的单词写完退职报告后,感到一阵空虚。他努力回忆俄罗斯勇士道伯雷尼亚最后是如何结局的,可是回忆不起来。母亲的故事只讲到道伯雷尼亚老了的三件事。

道伯雷尼亚老了,他已经感到皇帝嫌弃他了,便默默地穿上铠甲,戴上头盔,拿上长枪和盾牌,骑上那匹伴随了他一生的老马,离开军营,在草原上游荡。

一天,他来到了一个三岔路口,看见面前的三条路上,路口各竖立着一块石头。第一块石头上刻着:谁从这条路上走过去,谁将成为全世界最富有的人;第二块石头刻着:谁从这条路上走过去,谁将得到一个漂亮的妻子;第三块石头上刻着:谁从这条路上走过去,谁将得到死亡。

道伯雷尼亚笑了笑,沿着第一条路走去。走不多远,看见路旁有一块巨大的石头,他明白全世界最富有的宝库在这石头下面了。他下得马来,弯下腰,用两手抠住石头,使劲地摇动起来。由于用力过大,他的两只脚深深地陷进了地里,成了两口井,他的头上流的不是汗,而是血。轰隆一声,石头被扳倒了,金灿灿的宝库出现在他面前。道伯雷尼亚唤来草原上所有的穷人,将宝库的金子一块不剩地分给了他们。他顺着原路回到三岔路口,抹去了第一块石头上的字,用矛尖刻下下列字样:我从这条路上走过了,可我并没有成为富翁。

道伯雷尼亚叹了口气,又沿第二条路走去。"我将得到一个什么样的妻子呢?"他默默地想。果然,前面出现了一座金碧辉煌的宫殿,美丽的侍女将他引进去晋见公主。美艳绝伦的公主从天鹅绒座椅上飘然而下。她说:"我已经等你很久很久了。"然后,拉着他的手走进一间令人头晕目眩的新房。道伯雷尼亚冷静下来,他想:我身上有哪一点能引起公主的兴趣呢?一个穷光蛋,一个糟老头子!公主说:"你先上床吧,我换一下衣服就来。"当公主重新出现的时候,道伯雷尼亚卡住她蛇般的腰肢,轻提起来,将她扔到了合欢床上。只听咔的一声,床翻了个过,公主掉了下去。"原来是这么回事!"道伯雷尼亚发怒了,宫殿摇晃了起来,侍女吓得跪在他的脚下,不知如何是好。"拿地下室的钥匙来!"道伯雷尼亚怒吼着。打开地下室,他看见了四十个国家的王子被关在这里,新近掉下来的公主也在这里。四十个贪恋女色的王子满面羞惭地从他胯下溜走了,妖女被他撕为两段。疲惫的老马带着他又来到第二个路口,他抹去石头上的字,用矛尖刻上:我从这条路上走过了,可是,我没有得到爱情。

"现在，该让我尝尝死亡的滋味了！"道伯雷尼亚向第三条道路上走去。他在这条道路上遇到了四十个手拿利刃的强盗。他笑着走下马来，取下希腊式的帽子，向前一挥，二十个强盗倒下了，向后一挥，世界上已经失去了四十个强盗。他重新回到路口，像前两次一样，抹掉石头上的字，重新刻上：我从这条路上走过了，我并没有死亡。

他重新骑上马，像个夜游神一样，在荒原上漫无边际地走着：苍老，疲惫，痛苦，孤独，空虚……不知何处是归宿。

这就是道伯雷尼亚最后的传说。老兵道伯雷尼亚不知自己为什么在此刻想起了这个传说。他总觉得这个貌似平淡的传说包含着很深刻的哲学内容，而这个哲学内容不是他这个头脑简单的大兵所能领悟的。

一个新近从莫斯科来服役的士官生，跑来请示说，巡逻时间已经过了，是不是今天不去了。他摇了摇头。半个小时以后，这个忧伤的老兵，领着他的队伍踏上了边界。

五、路遇

我相信由于我以上的叙述，读者对边防军的寂寞的生活已经有一个大概的了解了。事情确实是这样的。我服役的那几年，常常见到边防站的一位副连长，站在菜窖的顶上，呆呆地眺望家乡。单调的生活将他折磨成了一个古怪的人物。人是离不开人的，如果将一个人放逐到杳无人烟的地方，那么，用不了多久，这个人便会发疯的。记得有这样一首诗：

街上走着一个盲人，

不停地用竹竿点地,
他既看不见前面的人们,
也看不见街心花园的长椅。
人们匆匆地赶路,
把他挤来挤去,
这时有一个人发了急,
提醒大家注意:
走路要当心,
也不要拥挤。
但是在嘈杂中我听见了盲人的话语,
尽管他声音很低:
"碰就碰吧……没关系……
至少我可以知道,
人们和我在一起!"

  这首诗的作者对人所具有的孤独感,有一种多么深刻的认识!相信他一定有过在荒原独身生活的经历,即便没有,他也一定在别的什么地方长久地处在孤独中,即使他一落地便在繁华的城里,而且从未出过远门,那么,一定是茫茫人海难觅知己,他的一颗心仍然浸泡在孤独的毒汁里。
  事后,人们在分析这一次边界事件的起因时,将罪责怪到酸奶子头上,认为它那清凉酸甜的味道,无疑给了干渴难挨的沙俄士兵致命的诱惑,使他们忘记了一切,踏过了那似乎和别的河流一样,又似乎神圣得令人异样的界河。我却以为原因并非如此简单,如此表面化。

还是继续开始我的故事吧！那些人物已经在我的脑子里焦躁不安，宛如奔驰中而不能急停的马匹，他们急于要走完他们悲剧式的历程。

老兵道伯雷尼亚策马向前。从表面上看，他还和往日一样，严肃而沉默，但是，马儿已经明显地感觉到主人比往日重了许多，他的屁股已经不能随着马的跳跃而在鞍上颠簸了，而是实实在在搭在鞍桥上。

老兵重重地叩了两下马刺，马由小走变成了大走。老兵不明白，自己今天这是怎么了，按照惯例，看见对方的巡逻队后，应该设法避免直接照面，如果确实避不开，就应付地打个招呼，一走了事。可今天，当眺见远远的那一队土黄色地平线上的人时，他反而加快了步伐。

马四个蹄子风一般地替换着，没用了多久，两支巡逻兵就平行前进了。

道伯雷尼亚现在看见了中国头目的眼睛、眉毛和刮得铁青的嘴巴。多少年来，他没有这样近地和中国士兵相遇过。尽管两个边防站在以往的相处还算是融洽的，甲方的牛越境了，乙方并不向上级报告，以便避免举行那些冗长的移交手续，而是顺原路如数赶回。乙方也就投桃报李，遇见这一类问题，同样解决。但是，道伯雷尼亚现在却有几分怯意，他曾经在阿穆尔河一带与中国士兵打过交道，他们的悍勇和忠诚给他留下了深刻的印象。关于河对面的那大名鼎鼎的马镰刀，他的罗曼史，他的强盗生涯，也经过那些走私犯，那些越过边境互相通婚的牧人，间或送入他的耳中。他一直庆幸这几年的边防执勤中，没有与他正面冲突。这位忧伤的老者有些后悔自己莫名其妙的举动。

六、眼泪不是水

马镰刀手臂上青筋暴起,他死死地盯着沙俄头目的面孔,仿佛想从那面孔里看出他匆匆而来的含意。

在他的眼中,这是一个老谋深算的兵油子,他那把稀稀疏疏的山羊胡子准确无误地显示了这一点。自然,他的坐骑也这样告诉人们。草原上有一句俗语:不要和骑走马的打交道!意思是说,这些人的青春和激情的年月已经过去,已经不骑那种能够驰骋冲杀的奔马了。他们开始工于心计,他们的这种心性恰好喜欢骑那种稳妥、舒适而速度不算太慢的走马。

马镰刀在行进中,吩咐他的队伍进入戒备状态。

他本想缓下步子,拉开一段距离。可自尊心不允许他这样做。自尊心之外,还有一种更重要的原因,即对面这支队伍的到来,给他,给他的队伍,给他们乏味的生活带来一种兴奋。他们平时的漫无边际的遐想现在都停止了,思想飞过界河,牢牢地注意着这些与他们相处了几年,彼此距离不超过一公里,而在感情上和心理上,又是异常遥远的人物。

道伯雷尼亚也想拉开一段距离,他随之否定了自己的想法,可能是和马镰刀出于同一想法吧。

不管怎么说,我们看见了,在茫茫的草原上,在炎炎的烈日下,在一条干涸了的、宽不过两丈的界河两侧,走着两队巡逻兵。这是一九〇一年夏天的某一天。

没有人来注视这两支奇怪的巡逻队伍。荒原上寂静如旧。假如那只鹰还在的话,它也许会飞来观瞻,但是这荒原上唯一的邻居,已经在早些时候,死于马镰刀从未落空的土枪之下了。双方的首都太遥远了，无暇顾及这些事情。此刻，沙皇也许正手忙脚乱地镇压着各种风潮；伟大的列宁也许正蛰居在拉兹里夫湖畔低矮的茅屋里，完善他的不朽的学说；清王朝正在一个叫承德的地方，进行宫廷政变；心有余而力不足的孙中山，也许正面对太平洋而兴叹；而毛泽东，刚刚在他的家乡上完小学，正在转学的途中。

道伯雷尼亚突然记起了什么，他摘下帽子，向马镰刀在空中画起了圆圈。

画圆圈是国际上通行的表示友好的标志。遇见这种情况，不能向前挥，向前挥，意思是说，你已经越界了，请往后退。也不能向后挥，向后挥，通常被认为是种挑衅行为，有策动士兵向己方投诚之嫌。

道伯雷尼亚看见马镰刀的脸色渐渐变得和蔼了，他的心里轻松了一些。他的模糊的眼前出现了两只大奶头，这奶头是母牛的。有一次，他们抓住了几头越境的中国母牛，出于对这个神秘国度的好奇，晚上，瞒着勤务兵，他偷偷地拿了一个缸子，来到牛棚。他找到了硕大的奶盘，却发现奶盘上没有奶头，他很吃惊。闹了好了阵，方明白原来是在抚摸一头公牛的睾丸。连他自己也哑然失笑了。他找到了奶牛，挤下了奶，他发现这种奶熬成的奶茶，和俄罗斯的奶牛的奶并没有多少区别。

这奶头又不是奶牛的了，而是他的相依为命的那个俄罗斯女人的。他还记起了自己某一次休假时，怎样从基辅的亚玛街一家最下等妓院里，领走了这个有着一对大奶头的女人。而这女人怎样生孩子，怎样用这对大奶头为他喂养孩子。女人临生孩子时，躺在被窝里，红着脸说："你来咂一咂奶头吧，未来的父亲！孩子出生后，这咂过的奶头就很容易下奶了，这是乡下的妈妈教给我的！"

道伯雷尼亚掉下了眼泪。

马镰刀看见了这滴眼泪。他挥动的帽子在空中静止了。如果这真是眼泪,而不是汗水的话,那么,对面的这个老兵就很可怜。他的脸上总带有一种苦相。这种人的命运是不会好的。他的头发全部白了,稀稀拉拉的,脸瘦削而疲惫。他的山羊胡子让人想起内地那些在田野上安闲地吃草的老山羊。

他的队伍不时有人喊叫干渴,马镰刀已经十分后悔,早晨没有带酸奶子来。可是他把自己的烦躁埋在心里,用一种无可奈何的口气,嘱咐他的士兵们忍耐一下。

七、借条

不知过了多长时间,他们看见了远处那棵胡杨的顶尖。

那时候边界上还没有设立标志。岂止那个时候,就是现在,这里的界桩还没有竖起,人们是依靠地形地物来确定边界的。这也就是上级为什么三令五申要"维持边界现状"的原因了。

这是一棵高大的胡杨。杨树下是一座坟墓。坟墓是用粗壮的树木,稍加砍砍,呈塔形堆积而成的。也许在这地方先有坟墓,然后在这一片变得肥沃了的土壤中,风吹来一粒种子,长成这棵胡杨。也许这地方先有胡杨,而一位热爱大自然的人,将他的坟墓建在这胡杨的浓荫之下。这胡杨在界河沙俄一侧,当这条河还叫作头巾河的时候,坟墓主人的后裔还常常从中国方向赶来,稍作祭奠。自从变为界河以后,这种举动就不可能实现了。

以胡杨为界,那边就是另一个边防站的辖区了,马镰刀的边防站,管辖范围至树木为止。

就在这时候,奇迹出现了,双方巡逻队同时发现,在胡杨那团椭圆形的树荫下，站着一位女人。

那女人妖娆地微笑着，用手撩起黑得发亮的发丝。她的白色的脸蛋不知为什么没有被中亚细亚的猛烈的季风吹黑。她两条长腿后边是阿尔泰山外围的耀眼的金字塔式的沙山。她的花格子连衣裙给昏黄色的天和地增添了一缕亮色。

两支巡逻队都欢呼了起来。

两个队长还是不紧不慢地迈着他们的步伐，他们在这当儿显示了自己的威严。任谁心急如焚，也不敢越过他们的马头。

但是当马镰刀终于走到树荫下，脚尖落地的一瞬间，他的所有的士兵，一窝蜂地滚鞍下马。

他们将耶利亚团团围定，这个扯她的头发，那个摸摸她的手。更多的人是盯着她脚下的那袋酸奶子。那位汉族巴郎子，竟呜呜地哭起来，他起劲地问耶利亚怎么跑到他们前面的，他说她不是人，简直是女巫。

耶利亚笑而不答。

马镰刀转过身去，不愿看这些大兵的胡闹。不过他的心里充满了喜悦，并在这一刻对耶利亚充满了脉脉温情。

道伯雷尼亚领着他的气喘吁吁的队伍，也来到了胡杨树下。时间早已超过了中午，胡杨的树荫越过界河，越过这一八八三线，落在中国的境内。原先，他曾设想让他的干渴的队伍在树荫下小憩一会儿，现在看来这个设想要落空了。

他眼巴巴地看着咫尺之外的地方，中国的巡逻兵们拿着一个银质的大碗，碗里盛着快要溢出的黏糊糊的酸奶子，正一个个地传递着，慢慢地品着味道。

想起酸奶子的又酸又甜的味道，他满口生津，不由自主地掉出一滴涎水来。

没有人发现他的失态，士兵也像他一样，目不转睛地盯着界河对面，而且不加掩饰。那神情，就像贪嘴的孩子在看着大人吃食一样。

他猛然瞅见了马镰刀那饱含怜悯的目光，心头一震，赶快转过头来。他命令他的队伍稍稍休息一下，便折回头去。他们的巡逻范围也至此为止。

没有人听他的话，大家都在长吁短叹。那位莫斯科来的士官生，甚至唱起了下流的民歌。他对这位士官生从来就没有产生过好感。他怀疑这个花花公子一定是在莫斯科的情场上惹下什么乱子，然后通过关系，来这里避难的。说来也真叫人搡牙，有一次，士官生带哨的时候，他去查哨，到处找也找不着，后来听见一间低矮的存放家具的小房子里有什么响动。他一敲门，首先蹦出来边防站的那只母狗，狗的尾巴底下还湿漉漉的，红艳艳的，接着看见了这位张皇失措的士官生。还有一次，他听见猪圈里的母猪乱叫，以为是狼跳进了猪圈里，赶去一看，士官生正拽着一头母猪的尾巴，他不客气地上去给了两个耳光。他把这些都包揽了，没有给别人说，要么，士官生以后就没有脸见人了，也在这儿待不成了。

道伯雷尼亚清了清嗓子，给他的队伍讲起勇士道伯雷尼亚的故事，也就是早晨他想起来的那个故事。

可是没有人理他的茬，一些不友好的目光还瞅着他那张衰老的脸。

到最后，连他自己也觉得寡然无味。他觉得那个故事充满对人生的幻灭感，不管是爱情，还是钱财，以及那个永恒的主题——死亡，有一股悲凉的味道，自始至终贯穿其间。

他听见马镰刀在叫他。马镰刀慷慨地一伸手臂，请他们过来共享清凉。

他摆了摆手。

他摆手的结果，使队伍里扬起了一阵更大的咒骂声！

"尿！怕什么，山高皇帝远。这一阵子，沙皇尼古拉二世正搂着他的老婆睡午觉呢！"一个士兵粗野地说。

这句话带来了一阵欢呼。道伯雷尼亚胆怯地望了一下四周，别出什么事才好！他马上就退伍了，出了事，自己受连累是次要的，老伴的晚年，还要靠他的养老金生活呢！

我们的风风骚骚的耶利亚，已经站在界河边，向这边抛起媚眼来。而花花公子士官生，也立即给以回报。

道伯雷尼亚看见一个和他年龄一样老的老兵，将干渴的舌头，伸在马的汗淋淋的胯上，舔着。他感到自己的无能。

他瞅了瞅马镰刀，有了主意。

"喂！朋友，如果我们过去了，出了事怎么办？"

"不会出什么事的，棺材瓢子！"

"难说，你把我们哄过去了，事后打一个报告，我的一切就全完了，这些弟兄的前途也就全完了！"

"那么请便吧！我这是可怜你们，不是求你们！"

"既然你有如此侠肝义胆，能不能劳你大驾，写个条儿。这样，事后你也就不敢给我们的上司报告了！"

马镰刀没有想到这一招，他思虑了一下，点点头。

他的头刚一点完，一群饥渴难耐的沙俄士兵，便跌跌撞撞地越过了界河，道伯雷尼亚跟在最后边。

多年来，只有目光能越过这个神秘的界线，至于他本人的躯体，那是做梦也不敢想的。每当他看见一只麝鹿，或者一只野猪，迈着四平八稳的步子，一步跨过界线时，心里便咯噔一声。甚至看见天上的飞禽，在高空越过这个界线时，翅膀也会颤抖一下，不过这当然是他的心理作用。今天，他越境时，除了恐惧，不知为什么，还有一种孩童般的恶作剧式的快感。

直到接到马镰刀书写的字条时，心里才有几分踏实。

那字条上写着：

借　条

借给沙俄老兵道伯雷尼亚君并一行牛皮大一块地盘，以作小憩之用。

中国边防伊犁总兵府辖下白房子边防站站长马镰刀

光绪二十七年×月×日

八、胡杨树下的狂欢

酸奶子是一种令人咋舌的清凉饮料，它前几年曾经引起北京人的青睐，北京的风潮未落，上海便又开始风靡了。上海的《新民晚报》曾刊登专栏文章，介绍酸奶子的酿制过程，以及它在中国受人重视的历史。晚报的文章说，追溯起来，酸奶子传入中国的历史有一百多年了。一百多年前，一个德国人在北京开了一家冷饮店，冷饮店以酸奶子赢得了大量顾客。我不揣冒昧，给该报去了一篇小稿。经编辑珍贵的手笔润色，小稿以《酸奶子非自今日始，芨芨草焉能做扫把》为题，全文刊登。芨芨草说的是另外的事情，不在本文范围。

我曾经有幸饮用过蒙古人用马奶酿制的略带黄色的酸奶子，曾经饮用过哈萨克、维吾尔人用牛奶、羊奶酿制的雪白的酸奶子。有理由相信，这种食品很早就风行于这些以奶制品和肉类为主要食品的罗曼蒂克的民族中了。这种美味佳肴是上天的恩赐。也许，一位牧羊姑娘将一锅奶子煮沸，准备提取上面漂浮的酥油，并且用下面沉淀的奶渣做奶疙瘩，这时，情人在外边打起了口哨。姑娘慌不择路地冲出去了。第二天早晨，当她记起她的工作的时候，结果，奶子已经发酵，黏糊糊的乳状液体膨胀了满满一锅，并且溢上了锅台。这时节必须是在夏天。姑娘吓坏了。她用指头蘸起一点尝了尝，有点奇异的芳香，有点略带寒意的酸涩。这时父亲走过来了，姑娘急中生智，说这是她新学习的一种酿制方法。父亲相信了，相信的理由是这食品确实可口。于是，酸奶子便这样流传开来。我相信，在那交通闭塞、语言不通的遥远年代，各民族都是靠自己的智慧首先发现这种酿制办法的。所以他们都应当第一个拥有专利权。

闲言少叙。二十个中国的边防军士兵、二十个沙俄的边防军士兵，横七竖八地躺在胡杨为他们设置的这一团绿荫下。

马被使上了羁绊，零零散散地在附近潮湿的地方喘息。

发了狂的士兵将他们的土枪和马刀，杂乱无章地扔成一团。这些武器在过去的岁月里，还忠诚地为他们的国家服务过，以后也将继续为国家服务，那刀刃照样被鲜血喷软，被骨头崩卷，那土枪照样向外喷射致人死命的弹丸，但是在此刻，他们忘乎所以了。他们都受不了荒原所给予他们的这种压抑感了，他们的精神在残酷的大自然面前崩溃了。酸奶子只是诱发他们这种念头的媒介。

饥渴的沙俄士兵表现了全部的贪婪。

士官生捷足先登。他抢过了中国士兵手中的银碗，一口气喝完，又觉得不解馋，于是，将头钻进了盛酸奶子的口袋里。当他的头好不容易拔出来的时候，人们看见，他好像不光是用嘴，而且用鼻子、眼睛、耳朵同时喝酸奶子似的，因为嘴角里、鼻翼上、眼睫毛上、耳朵里，同时沾满了酸奶子。

道伯雷尼亚是最后一个喝的。皮口袋已经空了，他伸出舌头，一点一点舔着皮口袋。那味道一定很好，因为他的眼睛都快眯成一条缝了。

看见马镰刀无言地盯着他，道伯雷尼亚觉得有失体统，便张着缺少一颗牙的大口，笑了一下，那是感恩的笑。他喃喃地说："真不好意思，我们甚至比你们喝得还多！"

马镰刀始终没有喝，甚至没有到皮口袋跟前去。只要士兵们喝饱了，他心里也就比喝了还畅快。

马镰刀也报之一笑。他正在卷莫合烟，那只绣花的烟荷包是耶利亚当年为他缝制的。他觉得眼前的道伯雷尼亚很善良，他丝毫不像一位巡逻队的队长，只要给他穿一件农家的开领衫，再提上一把砍土镘，他简直就是一位地地道道的老农了。

马镰刀为自己先前的戒备心理而有些难为情，他想分辨出这种戒备心理是出于胆怯呢还是一种责任，结果没能分辨出来。他从来是懒于动脑的。

道伯雷尼亚递来了自己的烟荷包。这只烟荷包是他的妻子为他做的。不过那时他们还没有结婚。一个举目无亲的大兵在亚玛街最黑暗的街道上度过一夜后，回到了边防站。不久，他接到了姑娘用保价邮包寄来的烟荷包。烟荷包现在已经很是陈旧了。道伯雷尼亚双手递上，也就近看了看草原上的这位传奇人物。马镰刀不像他所看到的别的清兵一样，他没有留小辫，而是有着剃得发青的脑袋。他的外表给人的总体感觉是凶悍，但是一件一件拆开看来，却给人一种敦厚、实在，甚至是愚钝的感觉。他的嘴唇很厚，因此看起来很可爱。照实说，道伯雷尼亚在做梦的时候，有几次都梦到过马镰刀割掉了他的脑袋，脑袋像西瓜一样在地板上打转。现在，他也觉得他的想法是可笑的。甚至，当孤独的晚年临近时，他从马镰刀那宽阔的肩膀上，得到了一点慰藉。他也感到马镰刀更像一位牧人，如果给他一把大镰刀，他一天可以割十几亩草的。

他们用当地的一种土语交谈起来。随后马镰刀叫他的勤务兵拿来棋子，他们便在这里下起棋来。棋子是羊骨做的，用羊血染成深红色，马镰刀天天将它带在身边。

这当儿，酸奶子已经喝净，莫合烟已经抽足，太阳已经收敛了它的烈焰，风不知什么时候从阿尔泰山刮来，巨人般的胡杨在鼓着热烈的手掌。

耶利亚自然而然地成了人们心中的宠儿。她的歌儿唱了一个又一个，她的舞蹈跳了一个又一个。她旋转时裙子把香风带到谁的跟前，谁就禁不住耸起了鼻子。她的旋转的足尖哪怕把沙子踢到谁的眼睛里，谁也认为这是对自己的一次特殊的宠幸。大家齐声歌颂她，齐声向她献媚。沙俄士兵称她是他们的女皇，中国士兵则称她是他们的皇后。他们都异口同声地说愿为她去死上一百次，而耶利亚取笑他们说："活着不更有意思吗？"

莫斯科来的年轻的士官生是一个不亚于耶利亚的跳舞能手。起先，他左手拿着银碗，右手拿着随手捡来的一粒石子，为耶利亚伴奏，而士兵们都不约而同地随着他的节奏一起拍着巴掌。到后来，他自己再也耐不住了，他霍地跳了起来，郑重其事地弯腰伸臂，向大家行了个莫斯科沙龙里才用的礼节，然后朗声念道：

> 祝圣的夜晚，
> 祝颂队在演唱。
> 祝颂队寻找，
> 主人的庭院。
> 主人的庭院，
> 不大又不小，
> 七十棵围桩，
> 八十里方圆。
> 男主人坐的地方，
> 太阳在照耀，
> 女主人坐的地方，
> 月亮在照耀。
> 小孩子坐的地方，
> 群星在照耀。
> 谁赏给烤饼——
> 谁家马成群，
> 谁赏给糖包——
> 谁家牛满圈。

这显然是一首俄罗斯的拜节歌或行乞歌，士官生借这支歌，巧妙地表达他们对女主人、对中国巡逻兵的感激之情。歌声刚罢，荒原上仿佛响起了暴风雨般的声音。男人们都往上一跃，站起来了，无数双皮靴开始轰隆隆地踩动着这一块地面，无数的手臂在挥舞，无数的歌喉里发出各种叫声。

地上扬起了团团灰尘，这灰尘中夹杂着汗腥味、羊膻味、尿臊味、狐臭味。

马儿也一匹接一匹地长鸣起来。

人在这一刻变得多么美好哇！种种的利欲、邪念、地位、享受、阴谋、叛卖都被丢在脑后了，都被丢在这千里荒原以外的地方了，让那处在人欲纵横中的人们去占有那些吧，人生哪怕能有这么美好的一个时辰，也该满足了。

不知过了多长时间，人们突然不约而同地停了下来。月亮，一轮苍白的、丰满的、像美人的脸盘似的月亮，来到他们的头顶，正像歌中唱到的那样：月亮在照耀。

这是中亚细亚一带最美的白夜，它一直要延续到凌晨四点钟。太阳已经早早地落下了。但是，它不断将自己的白光，恋恋不舍地送给曾经照耀过的地方。大地、山脉、天空在这一瞬间镀上一层水银。芨芨草泛着白光，白杨的叶子泛着白光，所有的各种颜色的马匹，以至人类本身，都变成白色的了。沙狐、土拨鼠、刺猬也不知道是从哪里爬出来的，现在在荒原上大摇大摆地走着，甚至走到人的脚底下来。

士兵们请一直没有吭声的马镰刀和道伯雷尼亚唱歌。

马镰刀朗朗有声，是一首唐诗：

葡萄美酒夜光杯，
欲饮琵琶马上催。
醉卧沙场君莫笑，

古来征战几人回。

道伯雷尼亚扯开嗓子，唱了一首同样苍凉悲壮的古歌。这首歌本该是要用六弦琴伴奏，可惜没有六弦琴。耶利亚拿起那只银碗，卸下一副马镫。马镫击碗，铮铮作声。众士兵则用马刀的刀背敲打。

一位哥萨克沦落在库班河对岸，
他不是单独一人，还有好友陪伴，
他的好友是乌黑的烈马，
风快的战刀是他的保镖。
他用战刀打着了火，
他又拾了许多羽茅草，
他把羽茅草放在火上，
一面裹伤一面说：
"我的伤啊，是很重的伤！
伤势沉重，直接连着心脏，
连着心哪，流着殷红的血。"
哥萨克临死前对马说：
"乌黑的烈马，你听我说：你要挣断缰绳，
挣断缰绳，拔起拴马桩，
你不要听喧哗呐喊，
你不要看河水奔腾，
你顺着小路一直向前跑，
顺着小路跑回我们光荣的静静的顿河，

跑回顿河，跑到我亲爱的父亲居住的地方。
我的马呀，你敲敲门，
一位老人出来迎接你，那是我亲爱的父亲，
一位老太婆出来迎接你，那是我亲爱的母亲，
一位年轻的寡妇走出来，那是你的女主人。
她挽起你的丝缰绳，
把你牵到马厩中，
把你拴到木桩旁，
拴到木桩旁，拴到银圈上，
然后会向你仔细打听：
马呀马，你对我说，你的主人在哪里？
我的好友哇，你就对她说：
你的主人在库班河对岸，
在库班河对岸和别人结了婚，
给他订婚的是枪弹！
为他祝福的是刺刀！
飞快的马刀是他的花冠，
他的妻子是棺材板，
潮湿的土地是他的母亲。"

歌声用悲怆的男低音，绕了一个弯儿后结束，它那发自胸膛的声音摇撼了整个荒原。心肠软的战士已经掉泪了，而耶利亚，她那张孩儿脸在白夜里闪闪发光，那是泪流满面的缘故。她突然意识到自己是紧紧地靠在马镰刀的肩上的，吓了一跳。但是，马镰刀并没有斥责她，他仍然处在歌声所描绘的那个悲壮的意

境中。

月亮像个睡眼蒙眬的美人，静静地、贤淑地照耀着这块荒原。

九、一张牛皮的故事

一次巡逻就这样结束了。不久，季风就会掩埋士兵们留在沙砾上的脚印，雨水会冲刷掉河里那深深的马蹄印，沙狐会把每一个滴过酸奶子的沙粒舔净，谁也不会知道中俄边界胡杨树地段，曾发生过这样一件事情。即便是过了许多年以后，那些士兵退役了，在家乡的酒馆里吹牛的时候，泄露了这件事，那也无关紧要，时过境迁，谁也不会追究那些过去很久的、并没有造成后果的事情的。

相信我，在这之前和之后，都发生过类似的事情的，这些事情都没有产生后果。

但是这一次却要发生悲剧了。马镰刀的不祥的诗歌和道伯雷尼亚不祥的歌曲，已经早就开始预兆了。据一位士兵回忆说，那一天晚上的月亮很怪，它的外边有一个圆圆的风圈。据另一位士兵回忆说，那一天晚上，沙狐立起身来，两只前爪对着月亮祈祷。而一向以凶悍著称的狼狗，像被定身法定住了一样，竟无意去追捕它。

怎么说呢？第二天早晨，马镰刀就感到了一阵后怕。他忐忑不安地过了一些日子。在这些日子，他在巡逻和执勤中都格外谨慎。他甚至希望世界上这些天内能有别的重大事情发生，以便掩饰这件事情。他为自己的冲动而懊悔不已。

边防站短时期内依旧相安无事，阴谋是在荒原以外的土地上进行着的。

冬天到了。这是一个白雪茫茫的冬天。在沙俄新近出版的地图上，中国边防线大河以北、胡杨树以南五十五点五平方公里的土地被划入沙俄版图。

接着，他们正式向清朝政府提出了对这块土地的领土要求。

清朝政府惊诧地接受了沙俄的外交照会和那本袖珍地图册。他们以为这是搞错了。在这期间，他们从档案馆里找到许多的资料，像他们以前或以后遇到此类问题时所能做到的那样，从这块土地的历史渊源、人口变迁、陈物古迹等方面进行了论证，从而证明这块土地历来是中国的，沙俄犯了错误。

沙俄的外交官并没否认这块土地是中国的，但是他们说，中国已经借给他们了。

当会晤发展到一定火候之后，变成了会谈。会谈中，他们从文件夹里拿出一张保存得很好的字条。我们知道，这是马镰刀在荒原地区、胡杨树下，用卷莫合烟的黄纸信手写下的一张便条。

中国官员傻眼了。他说："即便如此，那这上面是说，一张牛皮大的地盘，而你们划去了……"

沙俄官员说："我们试验过，把一张牛皮割成细条，恰好可以圈五十五点五平方公里！"

"即使真是这么一回事，那条子上只是说，借给你们的！"

"是借给我们的，但是，请你注意，这条子上没有写还期。这意思就是说，这是永久借给我们的。"

这位中国官员不能说是一位卖国主义者，他像我们大多数人一样，对土地有着深切的眷恋，在他的家乡还时常发生农民为争一条犁沟而互相仇杀的事。所以，他为五十五点五平方公里而心疼。但是，这是一九〇一年的冬天，清朝政府被八国联军赶出北京，避难西安，现在刚刚回来，惊魂未定，实在不愿意为那五十五点五平方公里蛮荒之地而惹出事端了。

沙俄官员的态度露出杀机，他们暗示说，他们要仿效往日在阿尔穆河一带采取的、以火与剑为先导的政策，强行占领这一块地方。

中国官员唯唯诺诺地退出会晤室。

懒散的中国只有在处理这类涉外事件时，才能表现出少有的高效率。会谈刚罢，外交部门立即通过军事部门，火速前往霍城伊犁总兵府，伊犁总兵府又立即将白房子边防站站长马镰刀传讯归案，经过马镰刀对那字条的证实以后，懦弱的清朝政府沉默不语了。

接着，清朝政府承认了沙俄对白房子边防站所辖这块领土的主权，命令白房子边防站从五十五点五平方公里以内迁出，重新建站。

接着，清朝政府给伊犁总兵府下达了就地处死白房子边防站站长马镰刀的命令。

十、与狼共舞

这是一个悲哀的日子。马镰刀被五花大绑，捆在马上，离开了边防站。他心爱的狼狗几次蹿到马背上，都被那位面目凶恶的差官，用鞭子毫不怜惜地打下马来。边防站全体官兵，踩着陷入大腿的积雪，把马镰刀送了一程又一程。耶利亚用手扶着马镫，随着马缓缓而行。她被这件事情弄糊涂了，呆呆地不知说什么好。

"今年的雪大，明年的蚊子会很多的，你们要有个思想准备。"马镰刀皱着眉头说。他对官兵们的过于感情外露,有些看不惯。他认为不管怎么样,他还会回来的,当然不会再当站长了。他将前往伊犁总兵府,解释事情的整个经过。他还没有料到事情的严重后果。

他用仇恨的目光眺望着边境线外边的那座边防站,一群沙俄士兵正在积雪的院子里踢足球,雪原上传来阵阵愉快的尖叫声。他的眼前浮现出那个留着山羊胡子的老头,他的总是眯起的、不敢正视人的眼睛,他的让人怜悯的一大把年纪,他吮吸酸奶子时的那种贪婪的神情,他的感恩戴德的语言。

马镰刀在这一刻,对人类——这个站起身子用两只脚走路,从而腾出两只手,干着各种各样的坏事的高级动物,深深地失望了。他感到好像有一把尖刀,向他那行侠仗义的胸膛捅来。

他们在荒原上走了十天,才走到伊犁总兵府。这十天马镰刀有许多次可以逃跑的机会,他都没有跑,他想向上级解释一下。

没有必要解释了,上级早就对这位当年的"草原王"心怀戒心了,正好趁这个机会除掉他。即使,话又说回来,上级想保护他,也是没用的,盖着朱红大印的命令,早就通过驿站,层层送了下来。

马镰刀听到这个事情所产生的后果时,他吓呆了。他双膝跪倒,号啕大哭。

"我有罪呀!我有罪呀!"这位壮汉撕着自己的胸膛,痛心疾首地呐喊。

他主动请求以死来弥补自己的过失。

就在行刑的前一天晚上,大雪漫天,朔风怒吼,马镰刀挣脱手铐,越狱出逃。

伊犁总兵府向各地发了通缉令。

马镰刀在暴风雪中走着,他不知道自己走了多少天。因为在暴风雪中,是很难分辨出白天和黑夜的。风像刀一样地划过他的脸,沉甸甸的雪团打得他直不起腰。他的大衣,不知怎么搞的,被风给剥走了,只要一剥走,就不可能再找回来了。风能一直把它吹到天上去,大衣斜斜歪歪地,像一只张着翅膀的兀鹰。风又能把它吹得在地上滚着走,像吹动一卷沙蓬。

马镰刀强迫自己无休止地走下去。现在的走法,已经没有任何目的性了,只是为了不被冻僵。在草原上,冻死一个人是微不足道的事情。他一边走,一边用耳朵听着,这时候,如果能碰上毡房,他就活命了。

他突然听到一阵细微的叫声,开始,他以为这是风的尖叫,后来把帽子卸下来,细细地听。

这是婴儿的叫声,其间还有母亲的温柔的抚爱声。

他大喜过望,连想也没有想,就向那声响的地方奔去。

他听见了有别于风雪的另外的声音。

他看见了两扇小小的窗户,窗户透出淡淡的蓝光。

他又向前走了两步。

他看见那亮光动了起来,向他移了过来。

他松弛的神经一下子绷紧到了极点。

"狼!"他大喊一声。

他拿出马刀,先下手为强,一个箭步冲过去,手起刀落,狼的半个脑袋被砍下来了。

他蹲下来,把狼抱在怀里,暖了暖自己冻僵的身子。他突然发现,狼的腿上带着一个夹子。这就是说,附近有牧人,狼是中了牧人的夹子,不能行走,才在冰天雪地里呼喊的。

他已经凭多年的经验,意识到暴风雪快要过去了。他准备在这里搂着狼,待到天亮。可是,现在他突然改变了主意,他明白自己依然处在危险中。单独的狼在这样的夜晚是不会出来行动的,它们会抱着自己的母狼在家里安睡。这肯定是一群跋涉中的狼群中的一员,它刚才的叫声就是在呼唤同伴:它遇难了。它等待同伴折回头来,咬断它的被夹子夹住,而夹子又紧紧地嵌进肉里的那条腿,然后跟上队伍前进。

意识到自己的危险处境后,马镰刀用马刀割开狼半截脑袋上的皮,抓在手中,用一只脚踏住狼头,然后死劲一拽,只听嚓嚓两声,一个整张的狼皮就留在他手中了。前后八分钟,正是平日剥一只羊的速度。

马镰刀把狼皮反披在身上,提着马刀,准备赶路。

已经晚了。他看见眼前这片雪地上,布满了绿莹莹、阴森森的星星一般的眼睛。狼群迅速地移动着,将他围在中间。

"足足有两百只狼!"他在心里对自己说。

一只狼凶恶地冲了过来,嘴巴直取他的颈部。马镰刀一刀砍去,狼从他的腋下溜走了。片刻,第二只狼又冲了过来,马镰刀一刀落下,又空了。看来,狼并不急于取得胜利,它们只是想先消耗他的体力。

由于他无暇顾及,所以包围圈越缩越小了。

"不能这样!"马镰刀暗暗提醒自己。他瞅了个机会,躲过扑上来的狼,跨前两步,把一只正在旁边观战的狼一刀劈死。狼血溅了他一手一脸。

别的狼也被这一刀吓坏了,一下子后缩了十几丈。

狼群中又酝酿了一阵。接着,它们采用了一种新战术。成百只狼组成了一个里三层外三层的圆圈,围着马镰刀转起来。

圆圈就这样越缩越小,它们欺马镰刀是孤身一人,顾了身前顾不了身后。

马镰刀也想到自己形单影只。这时候,他想起了自己那条心爱的狼狗,有它在身边就好了。狼狗曾经有孤身与狼群搏斗的经历。它看见狼多,无法顾及身前身后,便躲在边防站那个三角形屏障的墙角。这样,三面都是屏障,敌人只能从一面进攻了。现在,马镰刀也多么想找一个墙角哇!可是,这是在荒原上。他没有一步退路了,于是打起精神,像个疯子一样钻进狼群,挥起马刀乱砍,刀法也已经乱了。到后来,地上已经有八条狼的尸骸了。

就在这时候,他看见了那头指挥这场恶战的母狼。这是一头罕见的白狼,一条后腿瘸着。它已经很老很老了,狐狸越老越红,狼越老越白。此刻,这只老狼像个老谋深算的女巫一样,正满怀信心地看着这场战斗接近尾声。届时,它将得到一顿美餐。

马镰刀一声怒吼,跃前一步,挥刀向白狼砍去,不料脚下一虚,身子软软地倒了下来,马刀也飞了出去。

群狼一声欢呼,都把嘴巴伸了上来。

就在这时候,雪原上传来一声凄厉的叫声。一个黑影,闪电般自远处飞奔而来。狼群被这意外的来客惊呆了,就连母狼也甚感异样。

边防站的那条狼狗其实一直跟在它的主人后边。只是到了伊犁之后,土肥水美,那里许多母狗对这位体形健美、精力旺盛的荒原来客表示了好感,而它也就整天沉湎于寻乐之中,等到想起它的主人的时候，主人已经越狱逃跑，它循着气味，步步追赶，一直赶到现在。

马镰刀艰难地用手指了指那条母狼，便浑然不知人事了。

狼狗明白了他的意思，只一跃，便跃到母狼跟前。母狼丝毫准备也没有，被狼狗致命地咬住了脖子。母狼的几个保镖在狼狗身上乱撕乱咬，可是狼狗毫不松口。

当狼狗松开口以后，我们看见，白母狼的脖子已经完全断了。

头狼死了，狼群不知道怎么办才好。它们将这一人一狗围定，不再进攻了，但是丝毫没有放他们走的意思。

狼狗遍体鳞伤，它蹲在主人身边，不时用舌头舔一下嘴角。

天，放晴了，这是一个异常寒冷的雪原的早晨。一位青年牧人来捡他的夹子的时候，被这场面吓坏了。他将自己放牧的牛群、马群、骆驼群全部赶过去，冲散了这支狼群，救出了马镰刀和他的狼狗。

减员的狼群将同伴的尸首撕成碎片吃掉以后，又开始它们的迁徙了，它们在迁徙中又去产生它们尊敬的老狼。当然，这是与我们人类无关的事情。

这位青年牧人说他听见了晚上的厮杀声，但他没敢开门。他为此表示歉意。

青年牧人用最丰盛的食品招待他，并且在他临走时，将自己骑的那匹打有铁掌的伊犁马送给他。

尽管好客是草原人的美德，但是，这种礼遇是不是有些过分了。

而且，他没有问马镰刀是什么人，从哪儿来，又到哪儿去。

而且，他没有按照通常的惯例，将他的妻子介绍给客人。

马镰刀将受伤的狼狗留在青年牧人的家里养伤，他自己则骑上骏马，踏上了路程。突然，他想起了这位牧人是谁。他转过马头，滚鞍下马，跪倒在地。

"卸下你的帽子吧，求你！"

牧人卸下他的帽子。

正是耶利亚原来的丈夫。

"骑上我的马，赶快走吧，防止我又改变主意了，来杀你。你的事情已经传遍了整个草原，大家都明白你越狱的目的是什么。去吧，亲爱的朋友，从这里一直向西北，越过黑山头，就是布尔津。你沿着布尔津河一直走，走到布尔津河与额尔齐斯河交汇处，再沿额尔齐斯河往下走，一连走八个白天和晚上，你就到白房子边防站了。"

马镰刀再一次深深地跪倒，要他原谅那不愉快的往事。

"我早就已经原谅了。我现在有妻子和孩子，我们生活得很幸福。耶利亚这样的女人不是我们这些安分守己的男人所能留住的，她是为那些草原上的英雄而生的！快起来吧，朋友，问候耶利亚好，她其实是一个很善良的人，你要好好地保护她。草原上流行一句格言：永远不要欺侮无靠的女人。"

十一、野苹果树

一九七二年的冬天，也就是距那次事件整整七十年后，本文作者作为一名普通的边防军士兵，从遥远的内地来到这里服役，而且就在白房子边防站。

这块草原地带不像先前那么荒凉了。五十五点五平方公里的争议地区,就驻有中国边防军的三个边防站,它们依次是白房子边防站、红柳边防站和大沙山边防站。正规部队以外,还驻有生产建设兵团一百八十五团。这个团除一个武装值班连以外,其余连队都是一手拿枪,一手从事农业生产。连队和边防站呈一字形,沿边界摆开。

这片不知镰锄为何物的荒原,正在接受建设者的改良,人们发现,只要能引来水,这块土地是可以生产农作物的。

一块块的条田修建起来了,在这些田地里生长着春小麦、向日葵。一位中年妇女正在引水灌田,她的语音告诉你,她是一九六五年的那批上海、天津支边青年。

我们在边防站接受了两个月的边防政策教育。我们学习"边防政策二十条",背会了"不吃亏、不示弱、不主动惹事、不挑起边界事端;有理、有利、有节"的边防政策总原则。我们还肤浅地知道了沙俄侵略中国的历史,懂得了一八八三条约线、苏图线、双方实际控制线这些名词所包含的意义。

我们还在边防站站长的带领下,登上瞭望台,看到了对面一公里远处,那个和我们所对应的边防站。

那个边防站院子里,有一座纪念碑式的尖顶袖珍建筑物,在阳光下闪闪发光。我们问站长这是什么。

站长闪烁其词,他显然是怕引起我们的精神负担。他说,以后再告诉你们吧。

我们还学习了列宁的教导:爱国主义是千百年来培养起来的对祖国的一种神圣的感情。

最后,我们就上岗了,苦役般的边防生活就开始了。农民妈妈不久会接到我们的第一封信,和一张骑着边防站那匹最老实的老马所拍摄的照片。

年轻的我,怀着建立功勋的渴望,从沼泽地与沙漠的接壤处,挖下一棵野苹果树。我把它栽在院子里,营房的左首,然后到那个利用杠杆作用吊水的水井旁,打了一桶水。我希望自己能像树一样扎根边防。

一桶水倒下去,马上就渗完了。又一桶倒下去,也没见存住。我一口气为这棵树浇了十几桶水,可是,地下好像有个看不见的大口似的,把这些水都吞掉了。

我有些害怕:虽说沙土渗水,但也不能渗得这么快呀!

我叫来了全班的战士。

我们拔掉了这棵树,然后用砍土镘和铁锨向下挖去。

后来我们挖到了圆木上面。撬掉圆木,才发现这是一个地道。

在地道的顶端,我摸到一堆像西瓜一样的圆圆的东西。

抱起一颗,拿到亮处一看,是骷髅。

一共从地道里挖出十几颗白生生的骷髅。

边防站立即用无线电向上级做了汇报。

司令部一班人马,连同医生,以最快的速度,赶到了边防站。

他们仔细地研究了这些人头骨,认定他们是沙俄士兵的。

在和上级通了长时间的电话以后,他们指示,仍然将这些骷髅埋进地道里,并且将地道堵死。关于这件事,谁也不许再提。事情已经过去很久了,没有必要再为那些人头又进行一次次无休止的会晤了。

而我,依旧将那棵野苹果树栽在那里。

在全站军人大会上,分区的那个作战参谋,绘声绘色地为我们讲述了这块争议地区的由来,讲述了马镰刀的故事。从他的故事中，我们知道了，马镰刀潜入边防站后，召集旧部，深夜越过界河，用马刀割掉道伯雷尼亚及其部下十九颗人头。

关于马镰刀的最后结局，这位作战参谋说，有理由相信，他将十九颗人头扔进地道里，填死地道口后，便带领他的曾经做过强盗的士兵们，流窜到别的地方去了。至于到什么地方去了呢？他说，很可能是在中国与印度、巴基斯坦接壤的边境地区从事走私活动，当然按年龄推算，马镰刀早已死了。

我自以为知道了这个故事的全部，其实我错了。五年以后，当我就要离开边防站的时候，在一次执勤中间，我意外地遇到了一个女人。从她那里，我知道了这个故事的真实的结局。

十二、女巫

人们一直传说着，荒原地带居住着一个神秘的女人，她不住帐篷，不住毡房，而是住在和地面一样平的地窝子里。和她无缘的人就是骑马踏过她的窝棚顶，也不会遇到她；和她有缘的人，经常会在暴风雪的夜晚，或者迷路的途中，得到她的帮助。谁也不知道她多大年纪了，谁也不知道她是从哪里来的，大家都有些怕她，尽管她从来没有伤害过人。有些好奇心强的人，想调查一下她生活的来源靠什么，结果发现，每年的冬天，常常有一些面目不清的人，乘着爬犁子，不知从什么地方来，为她带来一年的食品、盐巴、茶叶，还有一些药片。

临离开部队的前夕，一想到就要和这块土地告别了，和马镰刀的故事告别了，和我的那匹伊犁马告别了，心里实有几分不舍。在一个礼拜天，我请了假，跨上自己的坐骑，来到了空旷的草原上。后来我迷路了。我生怕自己不慎而越界，铸成大错。正在万分着急的时候，我想起牧人们的说法：迷路之后，你就放松缰绳，马儿会自己找路的。

马儿带着我向一块陌生的地方走去，最后，停在了一座窝棚的旁边。一位女主人坐在窝棚外边洗衣服，就着木盆，怀里抱一块石头——那是用动物内脏做的类似肥皂的东西。

她没有丝毫惊奇的意思，好像早就料到我要来了。她不动声色地站起来，请我进屋。

倒是我大吃了一惊，甚至比在地道里抱着那些骷髅时更吃惊，我明白自己遇见传说中的那个女巫式的人物了。

不知是她首先告诉我的，还是我自己首先猜到的，总之，当我第一杯奶茶落肚后，我就知道她其实是许多年前那令草原上的人们为之倾倒的耶利亚了。

也许是她自己说的，是我的诚实的面貌取得了她的信任，是她急于要把那个故事的结局告诉世人。

她依然那么年轻，漫长的岁月没有给她身上留下丝毫痕迹，这真是不可思议的事情。只是她的满头黑发现在完完全全变白了，白得如同北欧人那种天生的银发。

关于她的那些淫荡的故事，现在还在草原上广为流传着。

我好奇地打量着她，甚至有些魂不守舍。当我盯住她那双初看乌黑，细看是暗蓝色的，宛如深潭一般的眼睛时，我只能够对自己说，我看见的是一个圣女。

十三、重返白房子

马镰刀伏在马鞍上，沿着额尔齐斯河艰难地走着。他的双腿已经失去了知觉，只是机械地夹住马鞍。那天晚上与狼恶斗时，流了许多汗水,衣服上又溅了许多狼血,现在这些都冻成冰碴子了,紧紧地裹在他的身上,活像穿了一身硬铠甲。

暴风雪停了,呜呜的西北风在猛烈地撕裂着低垂的浓云。整个额尔齐斯河河谷响起一阵歌唱般的喧嚣。

有一条近路他是知道的,却不敢去走。雪落了足有整整一米厚,风把高处的积雪卷到低洼的地方,形成一个个雪的陷阱,一不小心就会连人带马掉进去,再也出不来了。所以,他只能顺着河,绕着圈子。

马镰刀完全变样了,只几天工夫,生活便把这位血气方刚的男人,折磨得皮包骨头了。脸上被狼抓下的爪印,现在已经结痂,时不时地向外渗着血水。干裂的嘴唇上,长短不齐地长满胡楂。他的眼睛,茫然地注视着前方,暗淡无光,平时的矜持和自信,现在都跑得无影无踪了。

一条巨大的狗鱼,在蔚蓝色的冰层下面,自由自在地游动。这是一条母鱼,肚子鼓鼓的,眼神里刻满了一个鱼类母亲的忧郁之色。它秋天在北冰洋受精之后,便溯鄂毕河而上了,从鄂毕河来到额尔齐斯河。明年春天,春潮泛滥,冰雪消融的时候,它将在一条河汊产卵,然后驾着春潮重返北冰洋。

这些鱼儿多么幸福哇,它们没有祖国,可以在地球上任何一处水域里自由自在地游荡,而不必有越境之虞。它们不为任何人承担信义,也不知什么叫廉耻,该干什么就干什么,它们也不会有叛卖、阴谋、背信弃义的举动。

那个条子的事给了马镰刀致命的一击。他现在才发现自己貌似凶恶的外表下,有一颗善良的充满人类之爱的心,可惜这颗心被无耻地利用了。这些天,他的眼前时不时地浮现出道伯雷尼亚的那张假惺惺的脸,和那把翘起的时时伸到人面前的山羊胡子。他觉得那胡子仿佛一把雪亮的匕首,紧紧地插在他的滴血的心脏上,一走动就疼痛。

五十五点五平方公里的土地呀!

他紧紧伏在马鞍上,伸出双手搂住马的脖子,靠马的体温取暖。

"我是不会放过道伯雷尼亚的!"他在心里对自己说。这一刻,他的暗淡无光的眼睛明亮起来,射出两道阴森可怕的野狼般的目光。这目光因为疲惫不堪而显得愈加狰狞。

"当他干着叛卖的阴谋的时候,他忘记了,他的冤家是当年令人闻风丧胆的草原王!"马镰刀自言自语。

终于,马镰刀望见了白房子边防站屋顶上那个被烟熏黑了的烟囱。他还看见,耶利亚像失掉魂儿一样站在房顶上,向他来的这个方向眺望,风把她的裙子吹得卷起来,缠在身上,在天与地之间摇曳。

瞭望台上的那面国旗,正在缓缓地降了下来。整个边防站哭声一片。不光是人类,动物也意识到要发生什么变故了,马儿在马厩里,长一声短一声地叫着,蹄子把冻得发硬的土地刨成了小坑。羊群不在草垛旁边吃草,却在头羊的带领下,呈一路队形,从边防站的院子里穿过去。由于清理库房,老鼠也被惊动了,一只老鼠吱吱叫着,在院子里的雪地上乱窜,一会儿就直挺挺地冻死了。

边防站要后撤一公里,离开这块争议地区。新的站址将建在哈拉苏自然沟以外。

这天夜里,马镰刀带着包括他在内的二十名中国士兵,倒提马刀，越过了边境。

十四、复仇的火焰

道伯雷尼亚莫名其妙地高升了，连他自己也感到意外。

看到那只邮差送来的公文袋后，他在心里说，退伍通知下来了，马上就要见到在远方热切地期盼着他的妻子了。从此，他们将在莫斯科的小屋檐下，凭他的退休金，过一个平平常常的安逸的晚年。

打开火漆封着的公文袋，他惊呆了：这是一项升迁命令。他被任命到他的上级部门——那个要塞军区担任督察员。这种职务通常是给那些有着特殊的功勋，或者和上级某要人有特殊关系的退役军官设置的，是一个既体面又有实惠的闲职。

"乌拉！我们的体察一切的、至高无上的沙皇陛下！"这位沙俄老兵滴下了几滴浑浊的泪。

可是，当静下来冷静地一想，他又觉得这事有些蹊跷了。

他想起了他的战友们的一个个悲惨的晚年。

《一位哥萨克沦落在库班河对岸》这支歌，真实地表现了这些出身低微的沙俄低级军官的悲惨的命运。

这歌儿自那天胡杨树下的一场邂逅后，一直时时萦回在他的耳边，搅乱了他日渐衰老的心。近些天来他老是神魂不定，感到似有一场变故将要发生。

道伯雷尼亚是一个小心谨慎的人。那张马镰刀即兴写下的条子，他本该在举步跨过界河的时候，交还给他。可是那天晚上大家都太激动了，两人都忘掉了这件事。

第二天他记起这张条子的时候，已经找不着它了。他记得他是顺手装在莫合烟口袋里的。

莫合烟口袋被好几个士兵动过了。道伯雷尼亚的烟荷包是大家的烟荷包,谁的手都往里塞。他的烟从商店里买回来以后,还要用酒熏一熏,再加上一点点烟土,这是他多年来养成的习惯。

他问遍了拿他烟荷包的人,大家都承认用过他的烟和那裁成细条的卷烟纸,但是,没有见到那张字条。

"也许,是谁用它卷烟抽了!"道伯雷尼亚宽慰自己说,"但愿不出事才好!"

他的一生都有小人伴随着,他吃够了这些人的亏。

他担心这件事将对他的退职和以后的生活产生影响,然而,现在命令宣布了,不管怎么说,这是一件应当庆幸的事情。

一位沙俄老兵在边界度过了他的一生,没有和棺材板结婚,这本身就够了,一切奢望都不该再有了。

不过他仍然没有排除自己那种不祥的预感。

对面——中国边防军的活动规律出现了一些变化,他们巡逻的次数减少了,巡逻的路线也有了一些变化。而最令他不安的是,那只经常在界河左右出没的狼狗消失了。狼狗消失是一种迹象,如果狼狗没死,而是出走了的话,这意味着狼狗的主人——马镰刀也不在边防站了。为了证实自己的想法,他趴在瞭望台上,用望远镜瞄准对面的院子,观察了许多天。

他自己的边防站里也发生了一些变化,那位士官生被指定为临时负责人。很明显,等新兵开春一到,道伯雷尼亚和三分之一的老兵一走,他就接任站长了。

他总觉得这位花花公子有什么事情瞒着自己。一个肚子里藏不住隔宿屁的人,要想独自占有一个秘密是很难的,这秘密会在他肚子里，烧得他日夜难受。

这天夜里，暴风雪在吼叫了整整一个礼拜后，突然停了。荒原显得异常安详，位于界河西侧的这座小小的边防站，孤零零地陷入一片雪海之中。

夜已经很深了，道伯雷尼亚查哨回来，正准备休息。今年的雪大，明年会有很多的蚊子的，到那时自己虽然不在边防站受罪，但是，留下的弟兄，还有新来的弟兄，可是要受苦了。

他突然听见狗沙哑地叫了一声，仔细一听，又没有动静了。

他犯了疑心，轻轻地从墙上取下了刀。

二十个士兵打成一个通铺，顺着墙排成一溜。现在，有两个铺位是空的，一个士兵站哨去了，一个士兵，也就是士官生，趁风雪刚停，到远远的兵站运蔬菜去了。道伯雷尼亚本该是睡在站长室的，可是，冬天来了时，他就搬进通铺了，一则是近些天每夜常常做些噩梦，他心里有几分胆怯；一则是快要离开边防站了，他想和士兵们多待一阵。

正当道伯雷尼亚见没了动静，想将马刀重新挂到墙上的时候，突然一声响动，大门被一脚踢开，随着一股寒气，闯进一个蒙面大汉来。

道伯雷尼亚一惊，大喝一声，举刀迎了上去，将那蒙面人逼到门口。

"快起床！"道伯雷尼亚喊了一声。

士兵们糊里糊涂地爬起来，乱作一团，衣服、鞋子也顾不着穿，便握起马刀，溜到了床边。

那蒙面大汉力大，挺起马刀步步逼来，道伯雷尼亚只有防守之功，没有进攻之力。

这当儿窗子被砸得粉碎，蒙面人一个接一个跳将进来，屋子里乱作一团。

蒙面汉欺道伯雷尼亚年老，马刀左一刀右一刀直向他面门上砍。一刀砍来，道伯雷尼亚举刀一迎，那刀却顺势滑下，只听嚓的一声，他的小腹被划了一刀子，肠子流了出来。

道伯雷尼亚回刀刚将这一横刀挡开，不料这刀却一个回转，并未收回，而是直取道伯雷尼亚脖子。随即，他感到一个凉飕飕的东西，搁在他脖子上了。

"蒙面汉，我与你前世无冤，今世无仇，如何下此杀手？"道伯雷尼亚见必死无疑，索性不还手，壮着胆子问道。

"无冤有冤，有仇无仇，你我明白，且将这颗人头用上一用，再论冤仇不迟！"

"你到底是哪方好汉，这偌大荒原地带，我无名的不知，有名的皆晓！"道伯雷尼亚想激那蒙面汉撕下面纱。这招显然灵验了。

"好！我刀下不杀无名之人，也叫你死个明白！弟兄们，取下遮脸儿！"

只听嗖的一声，二十个大兵一齐撕下面罩儿。道伯雷尼亚定睛一看，原来是马镰刀一干人马。那些大兵也不愧是马镰刀平日所教，只几个回合工夫，便像马镰刀逼住道伯雷尼亚一样，个个都将那锋利无比的马刀，搁在了这些睡梦初醒的沙俄士兵颈上。

见是马镰刀一行，道伯雷尼亚轻松了一些，问道："不知何事，冒犯马大人，昨日以酒相待，今日兵刃相见！"

马镰刀哈哈一笑："我正想借这口刀，来问你个究竟呢！"

"此话怎讲？"

"我且问你,这胡杨树地段一场聚会,我马镰刀是对也不对?"

"对!"

"你道伯雷尼亚是对也不对?"

"也没错!"

"那一张二指白条,可曾是你要我所写?"

"正是!"

"那,且将那条子还我,便留你一颗人头。"

"条子已经不在了!"

"哪儿去了?"

道伯雷尼亚一惊,从夏天到冬天,自己一直担心的事情果然发生了。他猛然想起那条子很可能是士官生拿走的!因为有人看见,士官生躺在营房装病的时候,偷偷给上级写过信,他将那信交给军邮兵的时候也有人见过。

十五、血祭雪原

那条子确实是士官生拿走的。士官生拿走条子时,不曾想过能因这张条子,引出这么大的一场变故。最初,他只是想赶在道伯雷尼亚前边,告他一状。他总疑心,道伯雷尼亚在临退休前,一定会将自己的难堪的行径告诉给继任者,那样,他的面子和前程就算全完了。

当士官生得知这件事的结果时,他吓坏了,他明白自己干了一件蠢事。聊以自慰的是,他的目的达到了,他取得了上级极大的信任,他将在道伯雷尼亚之后,接任这个站的站长,而到那时候,这个站也许就搬迁到界河那边去了。

上级并没有处分道伯雷尼亚，这是士官生所没有想到的。不管怎么说，道伯雷尼亚被提升了，想到这一点，士官生受谴责的良心也就得到了一点安慰。

按说，边防线这几个月来发生了这么大的变化，道伯雷尼亚应该知道的，可是，大雪封路，上级预备到明年开春以后，才派人来实地勘察。再则，上级几次发来的有关这方面的绝密公函，都被士官生抢先得到，并模仿道伯雷尼亚的笔迹，签了回执。所以，道伯雷尼亚还蒙在鼓里。

士官生的想法是稳妥的，等明年开春，他担任站长后，道伯雷尼亚即便知道了这一切，也就无可奈何了。可是，现在需要保密，他知道这个老兵一旦动起火来，是不得了的事情。

据沙俄政府后来向中国政府提出的抗议中说，是马镰刀和他的士兵们割掉道伯雷尼亚他们十九颗人头的，但是眼前这位活着的证人说，是道伯雷尼亚和他的士兵们自刎而死的。我更倾向于这位单纯的女人的话。

她说，马镰刀头头是道，叙述完这几个月来的变故后，道伯雷尼亚和他的士兵们惊呆了。他们吆喝着寻找士官生的时候，才突然记起这个花花公子已在这个早晨离开了。愤怒的他们请求架在脖子上的刀子缓一缓往下砍，然后砸开士官生枕边那只上锁的箱子，终于在里边发现了足以证明这场事故的证件及那张地图。"我有罪！我镇守的五十五点五平方公里的土地呀！"马镰刀怆然落泪。

听完马镰刀叙述的经过，沙俄老兵道伯雷尼亚万箭穿心。"圣母哇，你降下甘霖一般的泪水，冲洗掉蒙在我身上的耻辱吧！"道伯雷尼亚痛心疾首地叫道。

马镰刀感到诧异，道伯雷尼亚趁机说出了事情的原委，众沙俄士兵也在旁边七嘴八舌地解释。听到是这么回事,马镰刀的手软了下来。他看见了明晃晃的马刀映着一张苍白的农民式的脸,脸上挂着两行老泪。

"该说的都说完了,用我的头,去祭你们的土地吧!"道伯雷尼亚说完,猛地将头往刀刃上一碰。

马镰刀眼疾手快,抽回马刀,"对不起,惊扰各位了!"他双手一拱,说。

众中国士兵也收回了他们的马刀。马镰刀在人群中寻找士官生的面孔,道伯雷尼亚说,他早已借故逃离边防站了。

马镰刀一刀剁去,士官生叠得整整齐齐的黄军被被剁成两截。黄军被里有一只银碗。

两国巡逻兵抱头痛哭。马镰刀掏出自己当强盗时留下的一点云南白药,为道伯雷尼亚抹上,包扎伤口。

马镰刀决定离开。正当他刚刚回头,就要跨出门槛时,突然听到身后道伯雷尼亚一声怪叫。

"孩儿们,举起刀来,不必让朋友们动手,就让我们自己这些不值钱的头,来祭他们的土地吧!"道伯雷尼亚一声吆喝,不等人们反应过来,便拿起刀来,举向自己的脖子。一颗人头掉在了地上,一股鲜血直冲上天花板,将白白的天花板染得片片花斑。

立即,十九颗曾经在半年前在胡杨树地段歌唱过的人头落地了,像西瓜一样滚了满地。

马镰刀想阻挡,可是为时已晚。他半跪下来,将这位老兵的身子放正,让他静静地躺在岗位上,然后,俯身拾起人头。

在这一刻,他脑子里又回旋起《一个哥萨克沦落在库班河岸》这首歌。

马镰刀和他的士兵们提着人头回到了中国边防站。按照中国的传统仪式,将这些人头一字儿摆好,点上蜡烛,洒上酒,在这寒冷的冬夜里,为祖国这块土地做了祭奠。然后,就像亲爱的读者已经知道的那样,将这些朋友埋在了这里,这里许多年后将会长一棵野苹果树,那是一位后来的士兵兄弟栽的。

那么,难道沙皇的军医也看不出来,这些人头其实是自刎的吗?耶利亚告诉我,他们是应当知道的,当马镰刀当强盗的时候,她见过他杀人,自杀和被杀是很容易分辨出来的。

我问起了马镰刀的下落。

"他们死了,集体自杀的,像道伯雷尼亚一样。那天早晨,雪原上静静的,没有一丝风,天干冷干冷。太阳从东方升起来了。太阳升起的最初是一根光柱,那光柱不是一根,而是三根,在它左右的山巅上,还有两根。东方美极了,后来,从那中间的一根光柱的尾部,太阳跃上了雪原。所有的二十个中国边防军士兵都跪倒在土地上,面对东方,为自己的失职而哭,为这块荒凉的不再属于自己的土地而哭。马镰刀说,我是一个不忠不孝的人,对祖国,对家人,我都无缘再见他们了。说着,大叫一声,拔刀自刎。随后,士兵们也就一个个地倒在这白皑皑的雪地上了。"

有一个没有死,就是那个汉族巴郎子。临自刎前,马镰刀掏出笔来,写了一封短信,让他交给耶利亚,然后再自刎。那巴郎子找到耶利亚,打开条子一看,原来那条子上写着:你不该死的,你还年轻,领上耶利亚,永远离开这个地带吧。你要好好地待她。这是一个善良的女人,草原上有一句格言叫作"永远不要欺侮无靠的女人",这是一位朋友向我说过的话,现在我将这话连同耶利亚一起托付给你了,务必不要食言。

汉族巴郎子看到这封短笺后,大哭一场。他请求耶利亚和他一起走,而耶利亚默默地回绝了。于是,荒野上,孤独的两个人来到马镰刀他们行义的地方,掩埋了他们,然后,一个骑着马儿,向内地方向走去;一个在荒原上搭了一顶窝棚,钻到了地下。荒原便变得死寂了。

不知过了多久,双方的政府才发现这里发生的这场血腥事件,于是便开始处理后事,于是便物色新的士兵来这里驻守。不过,不知是出于什么原因,也许是被马镰刀和道伯雷尼亚的这种行为震慑了,双方都没有再提这块争议地区的事,所以,它直至今日,还由中国军队驻守着,成为漫长的两国边界上,一百多块争议地区中,仅为中方所占领的三块中的一块。

至于马镰刀他们的尸骸何处,耶利亚始终笑而不答。她是怕我们这些被种种欲望驱使着的现代人,去打搅那已经沉睡的灵魂吗?她是等待天数,等待某一天,也有一个像我这样的人,在栽一棵树的时候,无意中与他们相逢吗?不得而知。

我感慨地望着这位半人半神般的女人。我想象着当时她被这场变故所震惊时的表情。耶利亚被人类的种种丑行和壮举所震慑了,她张开吃惊的眼睛看着世界,那眼睛开始出现人世的悲凉。她缩回窝棚里,从此从大地上消失了。她开始信守贞操,从不与任何男人来往,宛如中国古典女子们一样。对她来说,马镰刀死了,世界上所有的男人也就随之而死了。她没有痛苦,没有欢乐,像一位没有知觉的生物那样活着,尘世上所发生的一切都不能使她为之所动。

十六、报应

　　临告别她时，我忽然想起了那条凶悍的狼狗，我希望耶利亚能谈一谈它的最后的结局。我总觉得，这个为马镰刀的形象做补充的动物，一定应当有它自己的结局的。果然，耶利亚说话了。她说，狼狗正像它的母亲一样，养好伤回到边防站后，看到人事全非，便加入狼群中去了。几年以后，在俄罗斯中部，一位沙俄上校军官受到了狼的袭击。上校是在黄昏的时候，从小镇上返回营房的。他的左边是副官，右边是警卫，可是，这只狼径直扑向路中间的他，两只利爪搭在他的肩膀上，黄瓜嘴咬断了他的脖子。这件事，曾经引起了长时间的喧哗，人们说，这狼一定在此之前，与这位上校有着某种深仇大恨。耶利亚问我，这件事有可能吗？我怎么说呢？我怀疑这是她一个人在地窝子里沉思冥想的产物，或者是草原上人们的一种复仇的渴望。是的，人类在邪恶面前无能为力的时候，往往将目光转向人类以外的自然界，在那里寻求公正和报应。这就是人类至今对这个世界还没有完全失望的原因所在。

　　我说，这是真的。我愿耶利亚相信这是真的，也愿意自己相信这是真的，也愿意让亲爱的读者和我一样相信。

　　按照耶利亚的指引，我回到了边防线上。我让我的目光越过界河，久久地停留在那座金碧辉煌的无头烈士纪念碑上。和这边边防站一样，那边边防站也有一批新兵进站了。我看见一位身穿马裤，光着脑袋的军官模样的人，正站在纪念碑的台阶上，向簇拥着的新兵讲着什么。新兵们个个情绪激动，如果有一架五十倍望远镜的话，我一定能看见他们那挂在腮边的泪花。我有许多感慨，但是一句也说不出来。

我的野苹果树，一年比一年长得壮实。现在正是春天，它那伞状的枝杈上，开满了红色、黄色、白色等美丽的小花，漠风吹来，洒下阵阵花雨。

我就要向它告别了，我的五年的军旅生活就要结束了，我将要离开马镰刀、道伯雷尼亚、耶利亚以及白房子边防站，重返我那富饶的内地故乡了。落日将它凄凉的余晖照在这块中亚细亚荒原上。我摘下帽子，向这块土地告别，向与这块土地毗邻的那块土地告别。当帽子在天空画着一个又一个圆圈的时候，我突然想起，地球是圆的，圆圆的地球是没有死角的，国界线使地球出现了许多的死角。这是人类的一个错误。我还想，当有一天国家消失，国界线的概念已不为人所知时，那时，一位读者偶尔从尘封的书架上读到这个故事时，他从上边看到的，是一个背信弃义的故事和一个复仇的故事，或者换言之，一个男人和一个女人的故事。

《中国作家》1987年第5期

风 景

方 方

……在浩漫的生存布景后面，在深渊最黑暗的所在，我清楚地看见那些奇异世界……

——波德莱尔

一

七哥说，当你把这个世界的一切连同这个世界本身都看得一钱不值时，你才会觉得自己活到这会儿才活出点滋味来。你才能天马行空般在人生路上洒脱地走个来回。

七哥说，生命如同树叶，来去匆匆。春日里的萌芽就是为了秋天里的飘落。殊路却同归，又何必在乎是不是抢了别人的营养而让自己肥绿肥绿的呢？

七哥说，号称清廉的人们大多为了自己的名声活着，虽未害人却也未为社会及人类做出什么贡献。而遭人贬斥的靠不义之财致富的人却有可能拿出一大笔钱修座医院抑或学校，让众多的人尽享其好处。这两种人你能说谁更好一些谁更坏一些吗？

七哥只要一进家门，就像一条发了疯的狗毫无节制地乱叫乱嚷，仿佛是对他小时候从来没有说话的权利而进行的残酷报复。

父亲和母亲听不得七哥这一套，总是叫着"牙酸"，然后跑到门外。京广铁路几乎是从屋檐边擦过。火车平均七分钟一趟，轰隆隆驶来时，夹带着呼啸而过的风和震耳欲聋的噪音。在这里，父亲和母亲能听到七哥的每一个音节都被庞大的车轮辗得粉碎。

依照父亲往日的脾气，七哥第一次这么干时，父亲就会拿出刀割下他的舌头。而现在父亲不敢了。七哥现在是个人物。父亲得忍住自己全部的骄傲去适应这个人物。

七哥已经很高很胖了。他脸上时常地泛出红油油的光。肚子恰如其分地挺出来一点点。很难想象支撑他这一身肉的仍然是他早先的那一副骨架。我怀疑他二十岁那次动手术没有割去盲肠而是换了骨头，否则就不好解释打那以后他越长越胖这个事实了。七哥穿上西装打上领带便仪表堂堂地像个港商。后来又戴了副无边眼镜便酷似教授抑或什么专家。七哥走在大街上常有些姑娘忍不住含情脉脉地凝视他。七哥在外面说话毫无疯狗气。文质彬彬地卖弄他那些据说是哲人也得几十年修炼才能悟出的思想。

七哥住过晴川饭店。起先父亲不信。父亲每天到江边溜达都能看到那高白高白的房子。父亲在汉口活了偌些年从来还没见过这么高的房子，便咬定只有毛主席或者是周总理这个级别的人才能住。母亲说毛主席和周总理来不及住进去就升天了。他们说这话时是一九八四年。

七哥解释不清，便说那大楼里的"晴川饭店"写得像"暗川饭店"，不信你们去查证。

父亲和母亲自然是不敢设想自己有机会去那里瞧瞧。直到有一天报上登着个体户住进晴川饭店的消息后，五哥和六哥各带一千块钱去了一趟，第二日回来对父亲说小七子的确在那里住过，那字真的写得像"暗川饭店"。

七哥说我去那里总是坐"的士"，每回都有穿红衣服的小侍者为我打开车门，然后还鞠个躬，说："欢迎您的光临。"

五哥和六哥是坐公共汽车去的，下了大桥，还走了好远的路。无法证实七哥的话。但父亲母亲不必做任何证实也完全相信了。

父亲再往江边转悠时，遇见熟人便忍不住说："那个晴川饭店也就那样，我小七子住过好些回数。"

"哦？就是睡床底下的那个小七子？"熟人常惊叹着问。

父亲说："是呀，是呀，硬是睡出个人物来了。"父亲说这话时，脸上充满慈爱和骄傲之气。

其实，过去父亲总怀疑七哥不是他的儿子。在母亲肚皮隆起时，父亲才知道有这么回事。父亲蹲在门口推算日期。算着算着便抓过母亲扇了两嘴巴。父亲说那时候他跟一只货船到安庆去了。一个老朋友要死了想再见他一面。他前后去了十五天，而母亲却在这段日子里怀上了七哥。母亲风骚了一辈子，这一点父亲是知道的。他一走半月，母亲如何能耐得住寂寞？父亲觉得隔壁的白礼泉最为可疑。白礼泉精瘦精瘦，眼珠滴溜溜地不怀好意，薄嘴皮能言会道勾引女人还有财富。而最关键的是父亲亲眼见过他和母亲打情骂俏。父亲越想越觉得真理在握。为此在母亲生七哥坐月子的时间里，父亲看都不看七哥一眼，若无其事地坐在屋门口大口喝酒，把下酒的炒黄豆嚼得咔吧咔吧地响。

服侍母亲的事全是大哥干的。大哥那时已经十七岁了。他十分庄严地照料这个小肉虫一样软软的七弟。半年后父亲头一次看了七哥。他看得很仔细。然后像扔个包袱一样把七哥朝床上一甩。七哥瘦瘦巴巴的，全然不似高高壮壮的父亲的骨肉。父亲揪住母亲的头发，追问她七哥到底是谁的儿子。母亲声嘶力竭地同他吵闹，骂他是野猪是恶狗是瞎了眼的魔鬼，说他到安庆去为他过去的情人送终还有脸回家吵架。父亲和母亲的嗓门儿都大得惊人，平均七分钟一趟的火车都没能压住他们的喧闹。于是左邻右舍来看热闹，那时正是晚饭时候，一个个的观众端着碗将门前围得密密匝匝。他们一边嚼着饭一边笑嘻嘻地对父亲和母亲评头论足。母亲朝父亲吐唾沫时，就有议论说母亲这个姿势没有以前好看了。父亲怒不可遏地砸碗时，好些声音又说砸碗没有砸开水瓶的声音好听。不过了解内情的人会立即补充说他们家主要是没有开水瓶，要不然父亲是不会砸碗的。所有人都能证明父亲是这个叫河南棚子的地方的一条响当当的好汉。

这个问题毋庸置疑，父亲的确是条好汉。全家人都崇拜父亲，母亲自然更甚。母亲一辈子唯一值得她骄傲的就是她拥有父亲这么个人。尽管她同他结婚四十年而挨打次数已逾万次，可她还是活得十分得意。父亲打母亲几乎是他们两人生活中的一个重要内容。母亲需要挨完打后父亲低三下四谦卑无比且极其温存的举动。为了这个母亲在一段时间没挨打后还故意地挑起事端引起父亲暴跳如雷。母亲是个美丽的女人，自然风骚无比。但她的确从未背叛过父亲。她喜欢在男人们面前挑逗和卖弄那是她的天性。仅此而已。母亲说难道世界上还会有比父亲更像男人的吗？母亲说如果有那才是真的见鬼了。母亲说除非父亲先她而死她才会滚到另一个男人怀里。母亲说这话时才二十五岁。而现在她已六十了。父亲仍然健在。母亲毫无疑问地履行着她的诺言。所以父亲怀疑七哥是隔壁白礼泉的崽子显然是不讲道理。白礼泉比母亲小十八岁，母亲常忍不住去逗弄他，偶尔也动手动脚，但七哥绝对无误是父亲的儿子。因为只有父亲这样的人才可能生出七哥这样的儿子。这个道理直到二十五年后七哥突然一天说他被调到团省委当一个什么官了之后父亲才想明白。父亲从七哥那里听说团省委的人下一步就是去党省委。有运气到中央也是不难的。父亲几乎有点接受不了这个事实。父亲这辈子连县一级的官都没见过。父亲跟他认识的同样对方也认识他的最大的官员——搬运站的站长一共只说过两句半话。有半句是站长没听完就接电话去了。而现在，他的小七子居然比站长大好些级别且还只有二十来岁。鉴于这点，对七哥一进家门就狂妄得像个无时无刻不高翘起他的尾巴的公鸡之状态，父亲一反常规地宽容大度。

二

父亲带着他的妻子和七男二女住在汉口河南棚子一个十三平方米的板壁屋子里。父亲从结婚那天就是住在这屋。他和母亲在这里用十七年时间生下了他们的九个儿女。第八个儿子生下来半个月就死掉了。父亲对这条小生命的早夭痛心疾首。父亲那年四十八岁。新生儿不仅同他一样属虎而且竟与他的生日同月同日同一时辰。十五天里，父亲欣喜若狂地每天必抱他的小儿子。他对所有的儿女都没给予过这样深厚的父爱。然而第十六天小婴儿突然全身抽筋随后在晚上咽了气。父亲悲哀的神情几乎把母亲吓晕过去。父亲买了木料做了一口小小的棺材把小婴儿埋在了窗下。那就是我。我极其感激父亲给我的这块血肉并让我永远和家人待在一起。我宁静地看着我的哥哥姐姐们生活和成长，在困厄中挣扎和在彼此间殴斗。我听见他们每个人都对着窗下说过还是小八子舒服的话。我为我比他们每个人都拥有更多的幸福和安宁而忐忑不安。命运如此厚待了我而薄了他们这完全不是我的过错。我常常是怀着内疚之情凝视我的父母和兄长。在他们最痛苦的时刻我甚至想挺身而出，让出我的一切幸福去与他们分享痛苦。但我始终没有勇气做到这一步。我对他们那个世界由衷感到不寒而栗。我是一个懦弱的人，为此我常在心里请求我所有的亲人原谅我的这种懦弱，原谅我独自享受着本该属于全家人的安宁和温馨，原谅我以十分冷静的目光一滴不漏地看着他们劳碌奔波，看着他们的艰辛和凄惶。

那时是一九六一年。九个儿女都饿得抻着小细脖呆呆地望着父母。父亲和母亲才断然决定终止他们年轻时声称的生他一个排的计划。

小屋里有一张大床和一张矮矮的小饭桌。装衣物的木箱和纸盒堆在屋角。父亲为两个女儿搭了个极小的阁楼。其余七个儿子排一溜睡在夜晚临时搭的地铺上。父亲每天睡觉前点点数，知道儿女们都活着就行了。然后他一头倒下枕在母亲的胳膊上呼呼地打起鼾来。

父亲说这地方之所以叫河南棚子就是因为祖父他们那群逃荒者在此安营扎寨的缘故。河南棚子在今天差不多是在市中心的地盘上了。向南去翻过京广铁路便是车站路。汉口火车站阴郁地像个教堂立在路尽头。走出车站路向右拐,便上了中山大道。这一段中山大道,几乎有门即是店。铁鸟照相馆老通城饭店首家服装厂扬子街江汉路六渡桥诸如此类,汉口繁华处几乎占全。父亲每天越过中山大道一直走到滨江公园去练太极拳。父亲总是骄傲地对他的拳友们说他是河南棚子的老住客。而实际上老汉口人提起河南棚子这四个字如果不用一种轻蔑的口气那简直是等于降低了他们的人格。

父亲说祖父是在光绪十二年从河南周口逃荒到汉口的。祖父在汉口扛码头。自他干上这一行后到四哥已经是第三代干这了。三哥总说爷爷若一来便当兵,没准参加辛亥革命,没准还当上一个头领,那家里就发富多了。说不定弟兄姊妹都是北京的高干子弟。父亲便吼放屁。父亲说人若不像祖父那样活着那活得完全没有意思。祖父是个腰圆膀粗力大如牛有求必应的人。祖父老早就加入了洪帮。那时"打码头"风气极盛,祖父是打码头的好手。洪帮所有的龙头拐子都对他倍加赏识。祖父认朋友而不认是非,每有所唤都狂热地冲在最前面。父亲说他十四岁就跟着祖父打码头。他亲眼见过祖父是何等的英勇和凶悍。后来祖父在一次恶战中负了重伤。肋骨被打断了好几根,全身血流如注宛若红布裹着一般。祖父被抬到家时已经奄奄一息。尽管如此祖父却一直带着微笑。父亲说大头佬殷其周专门派人为祖父送来了云南白药。殷其周是当时汉口最有名的"码头皇帝"。父亲至今提起他的名字还激动得战栗不已。不过那药仍然没能救活祖父。祖父把手在父亲的肩上拍了两下便咽了气。那时父亲正跪在祖父面前垂泪。他见祖父头一歪便号叫一声扑在他身上。立即所有人都知道祖父已经走了。啜泣声便如远天滚过的雷。为祖父洒泪哀伤的人几乎是一望无际。父亲至今也没想明白究竟是怎么回事。父亲猜测大约是祖父善打码头的缘故。父亲时年二十岁，除了身子比祖父稍稍单薄一点以外差不多同祖父一模一样。父亲安葬了祖父的第三天便被头佬叫去打码头。他虎视眈眈地往那儿一站，对方的人立即目瞪口呆。竟有人颤着声问他是人还是鬼。

父亲每回说到这里都要仰面哈哈大笑。笑罢又大饮一口酒，把十来颗黄豆扔进嘴里嚼得咔吧咔吧响。

父亲每回喝酒都要没完没了地讲述他的战史。这时刻他所有的儿子都必须老老实实坐在他的身边听他进行"传统教育"。有一次二哥想上他的朋友家去温习功课以便考上一中，不料刚走到门口，父亲便将一盘黄豆连盘子扔了过去。姐姐大香和小香立即尖声叫起。黄豆撒了一地，盘子划破了二哥的脸，血从额头一直淌到嘴角。父亲说："给老子坐下，听听你老子当初是怎么做人的。"从此，逢到父亲这种时候谁也不敢把屁股挪动一下。七哥有几回都把尿憋了出来，湿了一裤。

最喜欢听父亲说往事的只有母亲。母亲记忆力比父亲强多了。父亲忘却的日期地点人名全靠母亲提醒，如果母亲也忘记了，父亲就得使劲地摇着脑袋想，想得一脸痛苦表情。父亲不想出来是绝不往下讲的。遇到这种意外，父亲的儿女们才如同大赦。有一回父亲为了想民国三十六年轰动武汉的徐家棚码头之争的日期整整地想了一星期。一星期后仍没想起便只好用季节代替日期重新招拢他的听众。父亲说那是民国三十六年的冬天，日本人刚跑掉，粤汉铁路通了车，徐家棚码头业务大增油水肥厚，一些头佬都眼馋得发疯，相互寻衅械斗好几次都没有结果，洪帮头子王理松托人约了父亲。父亲那几日正手痒，便一口应允了。父亲为了打徐家棚码头凌晨三点就起了床，过江的时候天还漆黑，凛冽的风横吹过来刺得脸皮一阵阵发麻。父亲穿一件黑袄，搭肩往腰间一扎，显得威风凛凛。他上船前喝了至少八两酒，酒精把他的血烧得一蹿一蹿地周身痒痒，故而他对挤进骨缝的寒风感到莫名的欢喜。他望着浩渺长江，脸上像拿破仑一样毫无惧色。父亲手上拿的是扁担，父亲每次用的都是这根，深棕色油光油光的。他挥动起来得心应手，他觉得这玩意儿不比关公的青龙偃月刀逊色。父亲的同伴熊金苟坐在船舱里瑟瑟发抖。父亲指着他的腿笑得全身抽搐，然后说："老子恨不得把你这个熊包扔到江里喂鱼。"江水浑浊不堪，小船咿呀地摇着一支很媚人的歌，在浅黑色的凌晨显得清丽幽婉。熊金苟总是哆嗦。不管父亲怎么辱骂他都不停止这个活动。这使得他旁边的几个人都一块儿干起这活来。熊金苟有个瞎眼的老母和三个细弱如草的小姑娘，第四个又把他老婆的肚子撑得老高老高了。父亲他们抵岸时天还没亮。他们捷足先登立即抢占了徐家棚的上中下码头。父亲他们全都剽悍体壮，吓得对方手足发软。当有人发现华清街的哑巴打手队之后，更是屁滚尿流地边跑边哀号爹妈何故只给了两条腿。华清街的哑巴们是鲁老十豢养的一群打手。那时说起"华清街之虎"鲁老十，人们会情不自禁地发抖。他的打手心毒手辣且从来不问为什么出手便打。不过他们也的确不会问为什么。父亲与鲁老十从无交情，哑巴中倒有一二曾崇拜过祖父。父亲他们那次自然打赢了。天亮以后他们把对方丢下的尸体绑上石头沉入江底。父亲是给一个姓张的人系的石头。父亲说他认识这个人。他们在一个码头干过活。父亲记得他曾经在父亲趔趄一下时扶了父亲一把。父亲晓得张是很老实的，但不晓得这回死在乱棒之下的怎么恰恰是他。想来想去父亲还是说这是命。父亲的腿在那一天被铁棍撕了个三角口，血流如注。父亲对流血已经很习惯了，他只用土擦了一下，第二天就去码头干活。那道伤痕至今还染着泥土的色彩留在父亲的腿上。打赢了的头佬总是在当夜便灯红酒绿地频频举杯祝捷。而那时，父亲他们却在自己的茅棚中擦洗伤口抑或为受伤的同伴寻医，为死去的朋友落泪。打哆嗦的熊金苟连轻伤都没负。他把父亲搀到屋里然后笑吟吟地走了。父亲说没打死他实在是件遗憾的事，因为半个月后的又一次械斗，他被头佬定为"打死"对象。头佬们为了扛着尸体打赢官司悄悄派手下人在混乱中将熊金苟打死了。父亲亲眼看见一根铁棍砸向熊金苟的：父亲喊了他一声。结果在他迟钝地一扭头时，铁棍正砸在他天灵盖上。他连哼也没哼便砰地倒地，血浆流淌着把他的头变得像个新品种西瓜。

父亲那一晚喝得酩酊大醉。他揍了母亲一顿然后起誓说他再不去打码头了。不过，父亲自然是要食言的。他打架斗殴像抽了鸦片一样难以戒掉。

父亲的精力过剩。他不这么消耗便会被堵塞在体内而散发不出的精力折磨而死。

那一幕幕悲壮的往事总是能让父亲激动得手舞足蹈。他有时还大口地喝着酒然后叫喊道："儿子们，你们什么时候能像老子这样来点惊险的事呢？"

三

父亲现在落寞得有些痛苦了。而像父亲这样的人能为什么事情产生痛苦感那的确不是件很容易的事。毋庸置疑的是父亲确实痛苦了。父亲还是住在老房子里，而他的儿女们却一个个飞了出去。地铺上起伏的鼾声和讨厌的骚动以及阁楼上无端的娇笑，统统被寂静所替代。房子倒显得空荡起来。过年时，每个儿女各出十块钱为他买了一个沙发。沙发靠着墙壁，父亲从来不坐它。父亲说坐了屁股疼。晴天的时候，父亲便去马路边打牌，而雨天里便靠在床上长吁短叹。父亲说："只有小八子陪我了。"父亲说这话让我感动了好几天。后来父亲在我的覆身之土上种了些一串红。父亲对母亲说像小八子的头发。

苍凉的冬天到来的时候，父亲便闷着头默默地喝他的酒。北风吹得门板和窗哐哐地响。火车蓦然鸣一下，整个房子在颤动中几乎意欲醉倒。母亲用她满是眼屎的眼睛凝望父亲。父亲退休之后就再也没揍过母亲，这使得母亲一下子衰老了起来。父亲和母亲之间已经没什么话好谈了，他们只是默契地生活。语言成了多余的东西。

回家次数最多的是七哥。七哥还没有成家。他总是在星期六回来。这天晚上偶尔也有其他弟兄拖儿带女地过来小坐片刻。父亲对他花团锦簇且粉团团的孙辈们毫无兴趣，父亲说人要像这么养着就会有一天变成猪。这话使父亲所有的儿媳妇对他恨之入骨。父亲说她们懂什么，看我们小七子，不就是老子的拳脚教出来的吗？要当个人物就得过些不像人的日子。

父亲每次这么说都令七哥心如刀绞。七哥不想对父亲辩白什么。他想他对父亲的感情仅仅是一个小畜生对老畜生的感情。是父亲给了他这条命。而命较之其他的一切显然重要得多。七哥总是在星期天一早就走，他厌恶这个家。他不想看父亲喝酒骂人然后叭地在屋中央吐一口浓绿浓绿的痰。他看不惯骨瘦如柴的母亲一见男人便做少女状,然后张嘴便说谁家的公公与媳妇如何,谁家的岳母勾引女婿。小屋里散发着永远的潮湿气,这气息总是能让七哥不由自主地打寒战。

七哥在星期天一早出门时多半手里拿根钓竿。有熟人路遇便说"你可真有闲情逸致呀",七哥只是笑笑。七哥从河南棚子串巷走街,总摆一副富态高雅的架势,以显示他并非此地土著。七哥的外貌变化之大如沧海桑田以至于人们绝不可能想象他就是十几年前常在这一带转悠着拾破烂捡菜叶的小七子。

七哥表面上很是平静。他抿着嘴一副神态自若的样子。但他的眼睛里却充填着仇恨。倘若仔细地盯着他三分钟,你就会发现他的眼珠宛若两颗炸弹随时可能起爆。而他的生命则正是为了这起爆而存在。

七哥捡破烂的时候是五岁。那是孪生的五哥六哥在一天偷吃了水果铺腐烂的苹果同时患急性痢疾送进医院时,七哥主动提出的。当时父亲正暴跳如雷。住院那一笔开销将他三个月所有的工资贴进去还远不够数。七哥蹲在门槛上看父亲吐着唾沫骂人。七哥感到喉咙痒了便轻咳了一声。父亲听见一步上前,一脚把他踢翻在门外。父亲说你再咳我掐死你。七哥说我不是咳我是想说我去捡破烂。父亲说你早就该去了,老子养了你五年,把你养得不如一条狗。

七哥对于他五岁就敢在河南棚子穿梭于小巷小道中拾破烂的胆略极其诧异。大香姐姐的孩子五岁还每天要叼着大香姐姐的奶头而小香姐姐的孩子五岁却还不会自己蹲下撒尿。七哥记得他捡的第一件东西是一块破了角的手绢。手绢上有些黏黏糊糊的东西，七哥用舌头舔了一下。是甜的。便又舔了好多下，直到那手绢湿漉漉的。七哥相信他至死都不会忘记他蹲在墙根下虔诚地舔手绢的模样。七哥很少说话，有大人指着他的小篮子说些什么他也从来不理。七哥每天要把小篮子装到他提不动为止。他拾的破烂都堆在窗口下。那里因为埋了他的弟弟而有一块空地。七哥见过他的这个小弟弟，见过父亲亲他的小脸。那一刻七哥还摸了摸自己的脸，他不记得父亲在他这儿亲过没有。七哥对小弟弟能永远安宁地躺在那下面羡慕至极。他看见父亲把小弟弟放进一个盒子里然后又盖上了土。他很想让父亲也给他一个盒子让他老是睡在里面动也不动。然而他不敢开口。

　　七哥常常很饿很饿，看见别人吃东西便忍不住涎水往下巴那儿流。久而久之，下巴处流了两道白印子。那天七哥走过天桥到了火车站。又往前一点还走进了儿童商店。那里面有很多打扮得像画上一样的小娃娃。他们在买衣服和皮鞋。七哥对衣服皮鞋毫无欲望，他看见一个穿粉红衣的小姑娘在吃桃酥。她嚼得沙沙直响。七哥走到她身边，他闻到了那饼的香味，那香使七哥的胃和肠子一起扭动起来。七哥便一伸手抓住了那桃酥。小姑娘妈呀一叫松了手，桃酥便在七哥手上了。小姑娘的妈妈瞪着眼说了句"小要饭的"便拉走了她的女儿。七哥简直不敢相信这块小饼归他所有了。他战战兢兢咬了一口，没有任何人干涉，的确是他的，便发了疯一样吞咽下去。七哥从来没有过这样的幸福时刻，那一瞬间获得的快感几乎使他想奔跑回去告诉家里的每一个人。七哥后来就常去儿童商店。他从任何一个小孩手上抓来的东西都归他所有。他吃了许多他根本想不出来应该叫什么名字的东西。儿童商店给了七哥童年中最璀璨的岁月。

七哥七岁上了小学。这是父亲极不情愿的事。父亲自己不识字，但他觉得自己活得也很自在也很惬意。父亲说世界上总得有人不识字才行。要不那些苦力活谁去干呢？父亲说这话是针对二哥的。二哥初中毕业坚持要考高中而不肯去帮父亲拉板车。二哥说读完了中学又去扛包完全是浪费人才。二哥同父亲吵了三夜，三哥也为二哥帮忙，父亲才气哼哼地向儿子妥协。这是在父亲做人的历史上极少出现的事情。父亲说政府怎么糊里糊涂的，让人都学了文化码头还办不办，凭良心说父亲的认识还是深刻的。码头要办下去就得有人扛码头。而读过书的人都不肯干这活，可不就是得让一些人不读书专门充实码头吗？父亲是不会知道科学能发展到用金属做一个机器人出来的。

七哥终于在政府的要求下去上小学了。七哥对上学不感兴趣。他头一天衣衫褴褛地走进教室就听到有声音说怎么来了这么个脏狗。后来，全班人都叫他脏狗。七哥对学校和同学的厌恶便从第一天就开始了。

七哥不再捡破烂。母亲说破烂卖不了什么钱不如去黑泥湖捡点菜回来。七哥便去捡菜了。七哥每天下午都逃学，一吃过中饭他就挎上篮子往郊外走。他要走过黄浦路从黄家墩穿刘家庙然后到黑泥湖一带。这里地多人少，到处是农民的菜园。有时只走到刘家庙就能拾到很好的菜叶。夏天的时候七哥还得带上叉子。父亲说每天都得叉一串青蛙回来给他下酒。七哥喜欢叉青蛙。他在河沟边跳来跳去敏捷而迅疾地叉中一个青蛙时总是高兴得想笑出声来。七哥在家里却从来没笑过。所有认识他的人都说这孩子天生缺少笑神经。

那一天，七哥走到刘家庙附近，见农民们都坐着小凳在田里给白菜间秧,七哥便静静地蹲在了一个大嫂身后。大嫂间一把秧往自己篮子里扔去时,手边总是要漏掉几棵。这便是属于七哥的了。七哥捡了半篮之后,大嫂身后又跟了一个小姑娘。七哥厌恶地瞥瞥她。她的手比七哥利索,总是先将大嫂漏下的拾进自己的小篮子。七哥几乎为此想砍掉她的手。这时刻大嫂回了头,大嫂问你们这是何苦呢?就这几棵菜?小姑娘说不捡菜就没有吃的。七哥说我也是。大嫂说你们就不累?小姑娘说累比挨打好受多了。七哥说我也是。那大嫂便叹口气扯下许多很好的菜秧给了七哥和小姑娘,把他们的篮子装得满满的。小姑娘高兴得笑个不停。七哥没笑,但心里也高兴极了。

　　后来七哥就认识了小姑娘。她叫够够。够够说她住三眼桥。她是老五。生下她时她父亲一看是个女孩气得大吼她母亲一声:"你够没够?"她母亲慌忙回答:"够,够。"两人吵了一架后,就给她起个名字叫够够。尽管有了够够,她父亲却还是没让她母亲停止生产。够够又添了两个妹妹。够够说她妈妈又要生了,这回大家都说生男孩。她家已有七仙女了。就是八仙过海也得有一个异性。

　　七哥常常能碰上够够,碰上够够就约她一起走,于是他们总是在铁路边碰头。够够小嘴灵得像鸟儿,七哥总怀疑她是鸟儿变的。够够叽叽喳喳起来没个完,七哥便安静地听着,刚开始时有些不耐烦,后来就习惯了,再后来就喜欢听她讲。七哥想要是小香姐姐也能像够够这样该多好。够够和七哥的小香姐姐一样大,都比七哥大两岁。小香姐姐却从来不理睬七哥。她要是想起七哥时就是七哥倒霉的时候到了。那天晚上父亲喝酒喝得高兴,小香姐姐连忙凑上去对父亲说七哥见到白礼泉就一面哭一面喊爸爸,还从白礼泉手上接过一块糖。父亲一听勃然大怒,他使劲地放下酒杯,吼着七哥:"给老子过来!"七哥已经吓得站不起来了。他如狗一般爬到父亲脚下。父亲用大脚趾抬起他的下巴,骂道:"你这个杂种。"然后一脚蹬翻了他。父亲令五哥提起七哥,将七哥推到墙壁前面壁而立。之后又指示六哥扒下七哥的裤子,用竹条抽打五十下,五哥和六哥乐呵呵地干这些。父亲赏识他们时才会让他们干这些活。小香姐姐坐在床沿边让大香姐姐用红药水给她染指甲。她俩尖声地笑着。七哥忍着全部的痛苦去听她们笑得如歌一般流畅。父亲又坐下喝酒了。嘴唇咂得吧唧地响。而母亲自始至终地低头剪着脚指甲,还从脚掌上剪下一条条的硬皮。母亲喜欢看人整狗,而七哥不是狗,所以母亲连头都没抬一下。火车轰隆隆从门外驶过,雪亮的光一闪一闪。和它们叠在一起的是竹条以及它挥舞出来的音响。这一切成为七哥脑海中永恒的场景。

　　铁道线不知从何而来。伸延前去,又不知指向何处。够够在哪儿呢?或许她的灵魂一直在这儿飘荡,引得七哥无法克制自己而一次次走向那里。

　　这日子,是七哥最美丽和善良的日子。它在无数黑浓黑浓的日子里微弱地闪烁几星绚烂的光点。

四

　　只要大哥在家的日子,七哥就用他迷迷蒙蒙的眼睛一眨不眨地盯着大哥。大哥不理他。大哥不编造谎言让父亲的拳脚砸得他透不来气,大哥不用最刻薄的语言诅咒他,大哥不把他当白痴当玩物当一头要死没死的癞狗。小时候七哥以为大哥是他的父亲,后来才弄清他只是大哥。大哥和父亲是两类完全不同的东西。

大哥对七哥现在这副不可一世的模样从心底生厌。时间简直是个魔术师。当年睡在父母床底下的七弟居然蜕掉了他那副可怜巴巴的外表而人模狗样地在小屋中央指手画脚。每逢大哥在家，七哥若酸溜溜地炫耀他的哲言，大哥必定会暴吼一声："小七子，你再动一下嘴皮看我割了你的舌！"

可惜大哥在家时间少极了，少极了。七哥从记事起就知道大哥从来不在家睡觉。弟兄们一天天长大，地铺上已经挤不下七条汉子了。父亲便一脚把七哥踢到了床底下，而大哥则开始成日成月成年地上夜班。

大哥总是在星光灿烂的时刻推门而出。他手里提着一个饭盒，里面有半斤米和一小碟咸菜。清早大哥回到家时，父亲和母亲都上班了，大哥便一头栽到床上呼呼地睡到太阳落山，然后起来同一家人一起吃晚饭。到星光灿烂父亲打长长的哈欠时，大哥便又推门而出，手里拎着那个饭盒。日复一日，年复一年。

大哥小学四年级没读完就进工厂了。大哥曾经留过两级。他跟二哥同了一年学之后又跟三哥同学。大哥比三哥大四岁，几乎高出三哥一个整头。班上同学都如三哥般弱小。他们管大哥叫"刘大爷"。起先大哥还乐呵呵地答应，后来三哥说那是骂他留级生大爷哩，大哥这才一听人如此叫唤便翻下虎脸。大哥打架出奇勇敢，出手迅猛有力，打在兴头上敢抢刀杀人。这是父亲最赏识他的地方。所有的同学对大哥都畏之如虎。其实大哥很少揍他的同学。他们太弱了。大哥不屑于对这种"小萝卜"——大哥的话——动手。大哥说他绝不学父亲。他不打比自己弱小的人。而父亲，打起自己的妻子和儿女像喝酒一样频繁且兴奋。

大哥是被学校开除的。那天上体育课,体育老师油头粉面的,他让大哥抬了跳箱又抬垫子。垫子是给女生翻跟头的。大哥说他不抬。体育老师便说"刘大爷"不抬谁又会去抬呢?大哥便走上前,挥起小臂给了老师一肘。只一会儿,那白粉捏的一样的鼻子便淌出两道红血。所有的学生都吓傻了,女生还有人嘤嘤地哭泣。大哥扫了他们一眼扬长而去。学校原本不想开除大哥,因为在场同学都证明是老师骂了大哥大哥才动的手。晚上,那老师灰着脸跟在教导处主任身后来到了河南棚子。父亲在门口堵住了他们。教导处主任说是来向大哥道歉并也希望大哥向老师道歉的。父亲一瞪眼骂了几句直指祖宗的脏话然后说:"幸亏你撞在我儿子手下,他实在比老子小时候窝囊。换了我,莫说你的鼻子,叫你的牙都一颗剩不下。"父亲说完笑得洪钟一样嘹亮。教导处主任和体育老师都不约而同地发起抖来。然后他们连退几步,用大惶大惑的神态望着父亲,跟跄着远去。

大哥从此不再上学了。这是他第一天背起书包就盼望的事。大哥刚满十五岁,父亲把他送进了铁厂当学徒。大哥当了锻工。父亲说干这行拿钱多而且练身体。果然没多久大哥的胳膊就粗了起来,浑身黑油油的闪着乌光。大哥二十岁的时候已经像父亲那样粗壮了。他的下巴上浮出毛茸茸的胡子。大哥有时就用他这一点可怜的胡子扎七哥的脸。七哥一直等待着大哥的胡子长长。他常想如果长长了不是也可以像小香姐姐那样扎起小辫子吗?

大哥过了二十岁以后,脾气就变大了。晚饭时动不动就发火。进家门总是用大脚轰然一下踢开。大哥和父亲母亲都吵过架,吵得天翻地覆的。七哥总是爬进床底一动不敢动,他不明白大哥为了什么。后来有一天,大哥同父亲打了一场恶架,那以后家里就平安了好多。

大哥和父亲打架，说起来完全是隔壁白礼泉的责任。白天里大哥是回家睡觉的。中午的饭总是母亲从她工作的打包社回来做。那时五哥六哥都刚上小学不久，而七哥还在从事拾破烂的事业。

母亲打包的手脚极利索。母亲的舌头嘴唇都仿佛是蜜做的。打包社的领导都吃她那一套，额外让母亲每天提前半个钟头回家弄饭。母亲洗菜时得去公用水管。母亲在那里经常碰得到白礼泉。白礼泉在武钢上班，三班倒的工作让人觉得他总在家里。母亲跟男人说话老使出一股子风骚劲，她扭腰肢的时候屁股也一摆一摆的像只想下蛋的母鸡。母亲的眼光很独特，从那里面射出来的光能让全世界的男人神魂颠倒。母亲在白礼泉面前从无顾忌。白礼泉的老婆漂亮苗条，是他手掌上的明珠。但明珠生不出一个孩子而母亲却一气生了九个。这使得母亲常常嘲笑白礼泉而且一直要笑到他无地自容为止。无地自容的结果便是抬起头来同母亲调情。那天母亲洗完菜同白礼泉一起嘻嘻哈哈地走回屋里。白礼泉调侃着跟在母亲身后也嘻嘻地笑。白礼泉的手指细长细长，跟父亲短粗短粗的手指感觉完全不一样。母亲弯下腰切菜时，她的乳房便像两只布袋一样垂了下来。白礼泉站在母亲背后将双手绕着母亲，然后细长的手指便捏揉起那两只布袋。母亲不理会他的动作，只是嘴里假骂道馋猫馋狗馋猪之类。白礼泉挨着骂手指却依然熟练而快速地运动。他的手越来越灵活，活动的地域也越来越广，母亲不由得兴奋地咯咯大笑。就在这个时候躺在床上的大哥醒了。大哥没吭气，只是长长地打了一个哈欠。

母亲说："贱货！这时间了还不起？"大哥说："贱货也是你

生的,全都一块儿贱也不错。"白礼泉说:"哎呀,老大白天就这么睡?下午小五小六小七几个不闹翻天?"大哥说:"摊上这样的爹娘,只给了这一点地方,有什么法子。"白礼泉忙说:"你要不嫌弃,白天可以睡我屋里。我两口子都上班,你去睡觉还可以看个门。我那个收音机是五灯的,不放心得很哪。"大哥说:"这主意倒不坏。"母亲说:"那太谢谢你白叔叔了。"

白礼泉倒是言行一致。果然,大哥在白天住到他家里去了:先一段时间日子也过得相安无事。后来那天三八妇女节放假半天,白礼泉的老婆枝姐在家休息,于是日子便有异峰突兀而起了。枝姐在半天的休息时间里要把房间重新摆布一下,大哥便上前帮了忙。一阵折腾,大哥汗流浃背顺手脱下外衣。他露出黧黑的臂膀,凸起的肌肉在黑皮肤下鼓胀。阳光从窗口斜射进来,落在大哥熠熠发光的肩膀上。大哥有几次都不小心碰着了枝姐,让枝姐心里颤抖了好几回。在架床的时候,枝姐的手指叫床板夹了一下,疼得她尖声叫起,眼睛里一下子涌出泪花。大哥便一步上前捉住她的手将她的手指放进嘴里。大哥用他厚软的舌在枝姐手指上舔来舔去。大哥说这是止痛的家传秘方。枝姐全信了。这之后她就老是夹着手,每次都要大哥动用家传秘方。

枝姐比大哥大九岁,早过三十了。可是枝姐因为没有生小孩便依旧一副粉脸含春的少女模样。枝姐珠黑睛亮,眉若新月。随意瞟人一眼,便见得柔情如水似的娇羞。这对于青春勃发的大哥自然如铁遇磁。

从那天起,枝姐老是上半天班。不是病假就是调休什么的。最先察觉的是母亲。母亲一文不识但直感却像所有杰出的女人那样灵敏。母亲对大哥说:"你小心那骚狐狸,她要勾引你哩。"大哥说："就不会说我在勾引她？"母亲说："你这王八蛋小子简直和你父亲一个样。"大哥说："那女人简直跟你一样。"母亲说："怎么跟我一样？"大哥说："见男人就化了，巴不得上钩。"母亲说："你小心点，她男人别看骨瘦如柴，倒也不是个好惹的货。"大哥说："难道比我父亲还厉害一些？"母亲说："你那天看见了什么？"大哥说："什么都看见了。女人不值钱。"母亲便身体后倾着朗声大笑起来："好小子，有出息。你老娘可没让他占多少便宜，你得比白礼泉高明点才行。"大哥也笑了，说："那当然。我儿子大概已经在她肚子里了。"母亲惊喜地问："真的？"

大哥和白礼泉的女人不干不净弄得邻近的人家都晓得了。那都是母亲在外面说的。母亲逢人就夸口，说是别看白礼泉的女人一扭三摆的妖精样，可在我大小子怀里比猫还乖哩。父亲好晚才知道，只是说想不到儿子也到了偷鱼吃的年岁了。

白礼泉最后一个听说。他不敢在枝姐面前逞凶便找上门来同大哥对骂。大哥说："你再骂一句，我叫枝儿跟你离婚。她现在听我的。"白礼泉说："我离了你想要她？"大哥说："那当然。"白礼泉说："好的。那房子是我的，我要收回。你娶她吧，让她住在你们那个猪窝里。跟你的父亲住一起，跟你的弟兄住一起。让你全家人把她从头发根到脚丫都看个一清二楚。还顺便看你俩是怎么过夜的。"白礼泉的话像是砸在大哥胸口上的石头。大哥突然脸色苍白，眼泪差点没落下来。这副熊样子不光被白礼泉看到了也被刚干完活下班回家的父亲以及看热闹的观众们看到了。白礼泉阴险地笑出了声。他嘴上继续说一些刻毒且下流的话，而大哥却默然不语。父亲上前啪地扇了大哥一个耳光，大骂大哥窝囊得不如一条虫。然后说："白礼泉的女人看上你这种东西那成色也就跟拉客的窑姐儿没什么两样。"大哥听完父亲的话便猛虎一样扑向父亲和父亲扭打成一团。大哥咒骂父亲，说世界上像父亲这样愚蠢低贱的人数不出几个。混了一辈子，却让儿女吃没吃穿没穿的像猪狗一样挤在这个十三平方米的小破屋里。这样的父亲居然还有脸面在儿女面前有滋有味地活着。

这场架打得灰尘四起，旁观者皆避之不及。父亲的脸被大哥的拳头打得青肿，而大哥的门牙叫父亲打脱了，手臂也被父亲用刀砍了一道深口，缝了十四针。

第二日白礼泉没去上班，中午乐滋滋地到家里来对大哥说上午他陪枝姐一起去了医院，只一会儿，就把她肚子里的胎儿打掉了。白礼泉说他虽然想要个小孩，但也不能养着个野种。大哥怒目圆睁暴吼了一声："给老子滚！"

从此大哥再也没理睬枝姐，每当两人路遇，枝姐忧戚戚地频频顾盼大哥，大哥则抱拳当胸，傲然而去。

到大哥同大嫂结婚已是十年以后的事了。十年间，他除了自己家里的女人外，对全世界的女人都摆出一副不屑一顾的架势。母亲曾打算给他说门亲。大哥说："你只要带她进这个家门我就杀了她。"

这十年中的第九年里，枝姐上班时被卡车压断大腿，流血而尽死去。在场人都听见她一直叫着"大根"的名字。人们以为那是她丈夫。而实际上，"大根"是大哥的名字。

五

七哥最痛恨他的姐姐大香和小香。七哥从记事起就没同她们说过话。七哥记得他很小很小的时候尿湿了裤子，姐姐大香便用指甲拼命地掐他的屁股。大香为了学有钱人家的女孩，总是把指甲留得尖尖的。而小香更毒，只要她在家里，她就不许七哥站起来走路。小香说七哥是狗投生的，必须爬行。七哥忍气吞声，从不敢违抗。晚上吃饭时，小香则多半会指着七哥的黑膝盖告诉父亲说七哥故意学狗爬不学人走。小香长得像父亲又像母亲。小香伶牙俐齿活泼爱笑却心狠手辣。父亲宠爱她，每次为了让她高兴不惜惩治七哥。小香比七哥大两岁，出生在双胞胎五哥和六哥之后，在家排行也算老八了，故而娇得鼻眼不正。七哥在父亲的拳脚下奄奄一息，而小香则捂着嘴咻咻笑个不停。还把七哥麻木地忍受的姿态学给大香看。小香干这样的事一直干到七哥下乡那天。

　　在大哥同父亲打架之后，家里能给七哥一点温暖的就是二哥了。很久很久，七哥对二哥都没什么印象。二哥总是和三哥一起进出。七哥在他眼里似乎有又似乎无。七哥不记得二哥同他说过话没有，直到那件事发生之前。

　　那是一个夏天，七哥被父亲揍之后便爬回到大床底下。他只有到这个黑洞洞的充满他熟悉的潮湿气的地方才感到几分安全。七哥那天浑身火辣辣地疼。他趴在那里一动也不想动。伤痛和闷热的天气几乎让他觉得自己快要死了。他这样趴了一天一夜。屋外每过一列火车都仿佛从他身上碾过。轰隆隆的声音使劲地撞击着他的脑袋，撞得似乎就要爆炸。他想爬出来，可一动弹大腿内侧便如刀剜割一样。七哥想干脆让我死吧，便呵了一声死了过去。

　　等他醒来之时，七哥感到自己被人抱着。他的腿依然如刀剜割。他睁开眼睛见到一个陌生的脸庞，恍惚之中听到滴水之声。

133

水滴了很长时间，七哥才渐渐看清那陌生的脸庞原来是二哥。二哥用毛巾擦着他的身体。七哥温顺地倚在二哥怀中一动不动。他第一次感到生命的安全，第一次认识到人体的温暖。晚上直到父亲回来的时候二哥仍小心地抱着七哥。"怎么搞得像个小少爷？"父亲说。

二哥将七哥放在床上，撩开盖在他腿上的布，对父亲说："他也是条命，你也不要太狠了。他的腿伤口烂了，长了蛆。你要想让他活，就不能让他再睡床底下。里面又湿又闷，什么虫都有。"父亲看了看七哥，冷冷地说："他是老子养出来的，用不着你来教训。"二哥说："正因为他是你的儿子也是我的弟弟，我才要求你好好爱护他。"父亲顺手重重地给了二哥一耳光。父亲说："让你读点书你就邪了，在老子面前咬文嚼字。你给我滚。"

二哥愤怒地盯了父亲一眼，一跺脚出去了。七哥自然又回到了床底下，把他的小棉絮弄成弯的，他想象那是二哥的手臂，他躺在那手臂里宛如在二哥的怀中。

以后，二哥便格外地关照七哥了。每天吃饭时，二哥都有意坐在七哥旁边。二哥一筷子一筷子为七哥夹菜。而在此之前，七哥几乎全靠吃白饭填肚子，尽管家里的菜几乎全都是他捡来的。

那年冬天，七哥差不多满十二岁了。母亲说原先小五小六到这时候总能挖一些藕回来，小七子倒好，只会捡些烂菜叶。二哥说何必哩，捡什么吃什么好了。小香立即叫道妈妈我要吃藕。七哥便用极干瘪的声音说我明天就去挖藕。

第二天刮风，冷飕飕的。七哥一出家门就被风吹斜了身子。他斜斜地行走，小竹篮里还搁了一条麻袋。他一路走一路在算计哪一块藕塘比较好。风把七哥的脸吹得红通通的。左脸颊上的冻疮又鼓胀了起来。七哥并不觉得这日子有什么特殊的苦，他已经习惯这样的生活了。万一哪一天让他安安逸逸地享受一天，他倒是会惊恐不安地以为出了什么大事。七哥在铁路边碰上了够够，够够当时正迎着风尖起嗓门儿唱歌。那歌的词是七哥一辈子忘不了的。"美丽的哈瓦那，那里有我的家，明媚的阳光照进屋，门前开红花。"够够总是唱这支歌，一遍又一遍地对七哥说如果有一个新家在哈瓦那，门口种满了鲜艳的花朵那该多好哇。讲得他俩都极羡慕哈瓦那了。

　　藕塘里的水已经抽干了。大人们已经仔细地挖过一遍。七哥绕着藕塘四周看了看，然后迅疾地扒下棉衣棉裤，等不及够够冲上来劝阻，他便下到了塘里。泥浆一下子淹到了他的胸部。七哥太矮小了。他的脸上现出恐惧状，吓得够够惊呼大叫快来人救命啊。几个路过的中学生把七哥扯了出来，然后把他送进一个牛棚里。牛棚里有一个独眼的老头，他给七哥倒了一杯滚烫的开水。七哥浑身筛糠一般颤抖。够够像大人一样用生气的口吻令七哥脱下泥浆浸透的衣裤。七哥穿着空心棉衣棉裤，和独眼老头一起蜷在屋角的稻草堆中。七哥看着够够拿着脏衣服往湖边走去。在风中她像一只奇怪的大虾，弓着背越走越远。够够为他洗净泥浆，然后在牛棚中的火盆前为他烘烤。她的脸焕出一层奇特的红光，眼珠嵌在红光之中宛若两块宝石。七哥呆呆地看着她。外面的风刮得干枝干叶噼噼啪啪地响。时而几声呼啸在长天中一划而过。七哥突然感到眼睛潮湿了。他觉得这时刻如若能痛哭一场该是多么愉快。够够无意思地瞟了七哥一眼，七哥便立即装作一副平常的神态。七哥从来不曾把他的心向任何人袒露过。七哥从不愿意让别人能猜测出他心里正想些什么。

天全黑了,够够才将七哥的衣裤烘干。七哥穿上后说了句很舒服,但他心里知道,今天又难逃过一顿毒打了。出门时,独眼老人叹着气从屋里拿出两节藕,分给七哥和够够。

七哥一路无言。分手时,够够将那一节藕也给了七哥说我家里不爱吃藕。七哥默默地接过放入麻袋。够够说你这个人怎么总是有心事的样子。七哥憋了半天终于说明天再告诉你。

七哥刚跨入家门,小香便叫:"爸、妈,野种回来了。"母亲冲上来揪住七哥的耳朵吼道:"你还晓得回家?你玩得好快活,害得你二哥一晚上去黑泥湖了。"七哥未缓过劲来,迎面又挨了一嘴巴,这是父亲扇过来的。父亲说:"你怎么不死?回家干什么?铁路又没有栏杆。为你这个小臭虫全家人都睡不成觉。你以为我们都像你这样舒服?"父亲骂了又打。七哥不语。他挨打从来都不语。他以往常想着长大了他将首先揍父亲还是首先揍母亲这个问题。而这回,他一直在回忆牛棚中红红的火光中够够的脸庞和眼睛。他的表情竟出奇地平静,这使得父亲极为恼怒。小香说:"爸,你看他还在笑。"父亲立即一脚踢向七哥的小腿,七哥轰然摔倒在地。红光在他的眼前烧起一片红云,腾腾地升起,所有的一切:人、物及声音,都在这红云中弥漫和融化。七哥真的不禁咧嘴笑了一笑。

七哥的腿红肿得无法迈步。他一步也不能行走。几乎在床底下躺了三天。他的视线里的红云依然飘浮和升腾,七哥这三天过得安静极了。二哥几次唤他出来要带他去医院,七哥都没答应。七哥说我是在休息呢。

第四天父亲说我家里的儿子命贱,没有人生病躺好几天这事。母亲弯下腰对着床下叫:"你还弄得像个阔少爷呢,你再不去捡菜就休想吃一颗米。"

父亲和母亲上班之后,七哥爬了出来。他摇晃着走出门,他走到那次同够够碰面的那一段铁路上。他坐在铁轨上一边等,一边想把什么都对够够说。等了好久好久,够够没来,七哥只好自己独自捡菜去了。

回来的路上,七哥又路过牛棚。他想见见那独眼老人,想再去那稻草堆中蜷曲着看奇特的红光。七哥进去时,老人愣了一愣,然后问:"跟你一起的小姑娘呢?"七哥说:"她没来。我等了她好半天。"老人说:"前两天你们都一起回去的?"七哥说:"前两天我病了没出来。"老人说:"前天下午,一个女孩被火车碾了,不晓得是不是她。"七哥立即呆了。世界上所有的女孩都死掉也不能死够够。七哥拼了全身力气疯狂地向铁路边奔跑。他一声声呼唤"够够"的声音像野地里饿狼凄厉地嚎叫。

那出事的地方已经看不出有什么血迹了。只是在路坡底下,七哥看到一节竹篮上的提把,提把上拴着一根白纱布做的小绳子。这是够够编的,是很久前的一天七哥亲眼看见她编的。

够够永远消失了。七哥为此大病一场,几乎一星期昏迷不醒。这场病耗去了家里很多的钱。父亲答应给大香和小香一人买一条围巾的钱;答应给五哥六哥一人买一双凉鞋的钱;答应为母亲买一双尼龙袜子的钱以及大哥存了多年打算买手表的钱全部被七哥这场病消耗一空。所有人都沉下脸不理睬七哥,连大哥都阴郁着面孔一句话不说。

此后七哥每天还是沿着他和够够的路线去捡菜。他每天都在够够死去的地方默默地坐十几分钟。他坐在这里用心向够够诉说他的一切。

八年的捡菜史给至今二十八岁的七哥留下了深深的印记。他曾尽情地怀念过够够和享受过完全归他所有的孤独。七哥大学毕业回来的第二天便不知不觉去了一趟黑泥湖。那里变化惊人。昔日的菜地上几乎全部覆盖着高低不等的房子，他已经无法辨认哪条路通向哪里了。只有一个地方无论发生什么变化，七哥也能一眼认出。七哥喜欢独自地坐在那里。七哥想够够该有三十了，说不定够够能成为他的妻子。尽管够够比他大两岁，可这又算得了什么呢？只要是够够，就是大十岁大一百岁七哥也不在乎。然而够够永远只能是十四岁。

铁轨纠缠一起又分离开来，蜿蜒着扭曲着延伸向远方。七哥不知道它从何处而来又将指向何处。七哥常想他自己便是这铁轨般的命运。

六

当七哥觉得家里唯一能同他对话的人只有二哥时，二哥却已经死了。七哥想起二哥的死因，心底里总是升出一股冰凉的怜惜之感。

父亲却对二哥的死愤愤然至极，每逢二哥忌日父亲便大骂二哥是世界上最没出息的男人，混蛋一个，却装得像个情种。然后接下去必然骂这都是读书读木了脑袋。父亲骂二哥时若遇三哥在场二人便有一场恶战。

三哥和二哥关系好得让人难以思议。三哥是个粗鲁得像父亲一般不打人就难受的人，而二哥却文质彬彬的不像是父亲的儿子。二哥只比三哥大一岁。他俩共睡一个枕头几乎直到二哥死去的前夜。二哥是个极细瘦的人。个子高得不那么顺眼。父亲对二哥这副骨架非常之不满，常愤愤然说这哪里像我哪里像我？然后摇着三哥的胸脯说真货是这样的是这样的。母亲为此跟父亲怄过好多回气。母亲疼爱二哥超过她另外六男二女，这原因是二哥救过母亲一条性命。那时二哥才三岁，摇摇晃晃地刚学会小步跑。一天母亲牵着二哥去买盐，行至路口遇见父亲搬运站的几个朋友。母亲便挑逗着同他们打情骂俏。搬运工男女相遇常有骇人之举，这便是扒下对方裤子或伸手到对方裤裆；虽是下流无比却也公开无遗。母亲撇下二哥同他们疯打到一辆货车旁，笑得长一声短一声接不上气。突然二哥颠颠地小跑到母亲身边，极怪异地大叫："妈妈，我要撒尿！"那正是初冬时分，二哥若湿了裤子便没有了穿的。于是母亲立即抱着二哥往背风处跑。母亲刚一跑开，货车上的绳子便断了。货箱垮下来砸死了那群男人中的三个，其中之一刚喊完母亲的绰号还没来得及说完下面的话便脑浆四溅。母亲听得身后巨响如爆几乎魂飞魄散，她抱起二哥放肆地号啕大哭起来。二哥这时说："妈妈，要回家。不尿尿了。"事后母亲想起二哥是临出门时才撒的尿，按正常情况那时他不应该叫撒尿的。而且那声音的怪异使母亲在回忆时还感到几丝毛骨悚然。父亲说看来是有些莫名其妙。

二哥是一个言语极少的人。他的眼睛凹入脸庞显得阴郁而深沉。倘若不是他的鼻梁挺拔且嘴角的线条很好看的话，他那双眼睛就令人不堪入目了。恰恰上帝给了他相应那对眼睛的鼻子和嘴，这使得他显示出一种很独特的漂亮。邻人常夸双胞胎五哥和六哥算得上河南棚子最英俊的小伙子，而七哥，还有我都认为：五哥六哥同二哥相比还差一个等级。五哥六哥一肚子浅俗的人生哲学和空洞洞的眼睛使他们脸庞上那漂亮的组合毫无生气。

二哥用眼神就能制服父亲用拳头都难以制服的三哥，对这一点父亲始终感到是一种耻辱。尽管耻辱，他却不能不接受这一事实。二哥和三哥结成的是钢铁同盟。这使得父亲想揍他们中的一个时不能不踌躇再三。为此二哥和三哥挨打次数极少。五哥六哥先是嫉妒后来则是献媚，意欲加入二哥三哥的联盟。二哥不置可否而三哥却严词拒绝了。三哥说不能让小七子一个人挨打，你俩得分担一些。三哥是家中的"二霸王"。这绰号是大香姐姐起的。"大霸王"自然是指父亲。三哥比大香姐姐大两岁。在一次争吵中大香姐姐脱口叫出"二霸王"三个字，三哥听了很得意，竟不再与大香姐姐吵闹且俨然是她的一个什么保护人。三哥在相当长一段时间充当河南棚子小年轻人的"拐子哥"，名气一直蔓延到球场街及西马路一带。所有知道他的人都尽可能不去惹他。三哥手下有一帮小喽啰，他们在百姓面前虎狼般凶煞恶极蛮不讲理，但在三哥面前却低三下四如同猪狗。他们都知道三哥的厉害。三哥曾跟一个走江湖卖狗皮膏药的师傅学过几年武艺，那师傅是父亲早年拜把子的兄弟，对三哥的教导极为尽心。三哥一巴掌砍下能使三块砖同时断裂是河南棚子的小哥们儿亲眼所见。三哥赤手空拳能使十个像他一样粗壮的小伙子在进攻他时全都仰翻在地。三哥威武有力鲁莽无比却能屈服于二哥的眼神。三哥跟二哥好得像一个人。而二哥却是同三哥全然不同的人。

其实若不是一件偶然的事改变了二哥的命运，二哥是不会同家里人有什么质的变化的。那件事的出现使二哥步入一条与家里所有人全然不同的轨道。二哥愉快地在这轨道上一滴一滴地流尽鲜血而后死去。

那一瞬间发生的事还是在七哥刚出生的年月。二哥和三哥每天都去铁路外抑或货场偷煤。家里的煤从来都是这样弄来的。偷窃者对于这么干是否合法不予考虑。家里要煤烧而又无钱买煤,无条件地向外界索取便成了自然而然的事。二哥和三哥从多大开始干这活已经记不清了,只知道初始只是拾煤渣而已,而后是三哥进行了改革才发展成为后一阶段的用麻袋偷。冬天里,煤块烧得噼噼啪啪响时,父亲便大声称赞三哥聪明能干,是块好料。

那天火车经黄浦路道口时放慢了速度。三哥一挥手便扒了上去。二哥略一迟疑,也上去了。火车轰隆隆地向前开着。他俩在车上将煤装了满满一麻袋。快进煤厂时,三哥将麻袋往下一扔,然后自己飘然而下。二哥又迟疑了一下。待他小心翼翼跳下来时,却没能见到三哥的影子。二哥沿铁路往回走。当他走到一个池塘附近忽听见一个女孩惊恐万状的声音:"救命啊!""哥哥,你可别死呀!"二哥便朝那声音奔了去。我知道,就是这个惊恐的颤抖的声音改变了二哥整个的人生,使他本该活八十岁的生命在三十岁时戛然中断,把剩余的五十年变成蒙蒙的烟云,从情人的眼前飘拂而去,无声无息。

池塘里一双手挣扎的姿势像一个优秀的舞蹈演员在用空间线条感召他的观众们。二哥连鞋也没脱便跳了下去。二哥的游泳技术是没话说的,从河南棚子翻过天桥到长江边至多只要半个钟头甚至更少。夏天里的中午和黄昏,二哥三哥以及许多他们这样的人常去那里玩水。他们游到对岸然后再游回来简直像吃完饭用手抹抹嘴一样容易。尽管每年都有一两个伙伴沉入江底而成为长江的儿子,但这种悲剧一点也没影响他们畅游长江的情绪和兴致。二哥在同伴之中不是游得最好但也不差。这个小池塘对他来说便有澡盆之嫌了。二哥只几下就扑到了溺水者身边，那家伙性急而死死地勒住了二哥的脖子。二哥便只好凶狠地给了他一拳然后托着他的头从容地游到岸边。那家伙的肚子隆得圆圆的像个孕妇。二哥拍了拍便一屁股坐在上面一松一压。女孩子尖叫道你不要弄死他你不要弄死他，然后去撕扯二哥的衣服。二哥只好又给了她一巴掌。那一下委实重了一点，女孩苍白的脸上顿时起了五条红杠。女孩哇地大哭掉头跑了，这动作使二哥呆愣了好一会儿。

女孩再来时身后跟了两个张皇失措的大人。女孩说这是她的父母。他们的儿子此刻已经苏醒了，只是疲惫不堪地躺在地上不想动弹。他见到父母的第一句话是："没有他我就完了。"然后将目光移向二哥。那眼光中的感激、钦佩、真诚、温情一下子竟使二哥的心好一阵战栗。二哥从来没见过这样的眼光。

二哥以恩人的姿态出现在这个家庭里自然成了最受欢迎的人。溺水的男孩跟二哥一样大，叫杨朦。他的妹妹小三岁，叫杨朗。他们的父亲是市里一所大医院的著名的医生，而他们的母亲则是中学里的语文教员。为此他们的家庭显得极洁净且极雅致。他们住在天津路的一幢红楼房里。他们有七间房子，整整占据了一层楼。仅保姆许姨住的房间都比二哥家的屋子大两平方米。他们一家四口人住四间屋子还剩下一间客厅和一间贮藏室。杨朦说这房子是他的外祖父留下来的。他的祖父的一幢房子更漂亮，前面还有花园。但他父亲老早就把它贡献给国家了。

说实话，二哥对这个家庭来说仿佛是外星来客。二哥是在河南棚子长大的。他几乎认定夫妻打架，父子斗殴，兄妹吵闹是每个家庭中最正常的现象。只有这些纠纷，才使家像个家，使自家人像自家人。否则跟公共场所有什么区别？而杨家却全然另一种活法。一家人这般地相亲相爱，这般地民主平等，这般地文质彬彬，这般地温情脉脉。二哥初次进杨家门时差不多不知道手如何动作脚如何迈步，两三个月后才稍稍适应过来。二哥完全被杨家的气氛所陶醉了。他觉得只有到了这儿他的心才感觉到它是为一个真正的人在跳动。他不知不觉地三天两头闯进杨家。

　　杨朦准备考到男一中去读高中。他是学校的尖子，胜利在握。而就学于民办中学的二哥学习成绩却平平淡淡。杨朦对自己的恩人极诚恳热情，谈话亦十分投机。于是二人结为莫逆之交。二哥渐渐地学会了喝咖啡。开始他以为那深褐色的水是中药，是杨大夫给他消毒的。后来才明白那玩意儿叫咖啡。上等人都爱喝它。二哥在杨家品尝到许多他从未吃过或见过的东西。有一天喝银耳汤，杨朗牙疼不喝多出一碗，杨朦硬叫二哥喝了。结果二哥一夜浑身燥得无法入睡，半夜里还怀疑汤里是不是放了什么怪药。问杨朦时，叫杨朦哈哈大笑了一阵。

　　二哥也打算考到男一中去。杨朦帮他补习了几天功课并说凭二哥的智力今后考清华问题不大。这使得二哥的生活中陡然地树起了一个目标。

　　晚上，做完功课，语文老师常常拿出一本书来，轻言曼语地朗读给大家听。她的声音极柔美，缓缓的，像是从天上飘下来的，与二哥幻觉中神仙的声音完全一样。二哥常想母亲若也能这样那该是多么好哇。母亲说话仿佛有只手在她喉管里拼命地撑大她的声音。母亲唾沫横飞常使她旁边的人不得不时时用衣袖抹抹脸。母亲从来不读书，但母亲绝顶聪明。母亲会从许多语言中挑出最俏皮最刻毒且下流得让人发笑的话来骂人，令对方哭笑不得，左右不是。而语文老师和她的儿女连最一般的粗话都不曾讲过。有一回二哥讲家里的玻璃窗被人砸了的事时不留意带出一句"他妈的",立即让一屋人都皱上了眉头。杨朗还捂着耳朵说:"难听死了,像小流氓一样。"二哥当即脸红得像抹了彩,好半天抬不起头来。没人再说他什么,自此他在杨家不敢吐一个脏字。二哥听语文老师读过高尔基的《海燕》,朱自清的《荷塘月色》以及但丁的《神曲》。一个星期六,月亮很好。月光穿透窗外的树影把屋里映得斑驳一片。杨朗让大家都坐在这碎月零光之下,然后把留声机上足发条。音乐轻缓地响起时,杨朗着一身白裙,赤着脚飘然上前,对着月光低吟:

我看见,那欢乐的岁月、哀伤的岁月——我自己的年华,把一片片黑影连接着掠过我的身。紧接着,我就觉察(我哭了)我背后正有个神秘的黑影在移动,而且一把揪住了我的发,往后拉,还有一声吆喝(我只是在挣扎):"这回是谁逮住你?猜!""死。"我答话。听啊,那银铃似的回音:"不是死,是爱!"

她最后一句爆发出热烈的欢笑,然后房间里的灯大亮。所有人都被她美丽的表演所感染,杨朦跳了起来,大叫:"朗朗太了不起了!"

二哥被月光下飘动的那条白色之影震惊了。那一句一句的诗将他的心一层一层缠绕得紧紧的。最外一层显赫地裸露着"不是死,是爱"五个字。在热烈的掌声鼓完后的那一刹那,二哥从心底涌出无限的忧伤。这忧伤之泉直到他死都不曾停止过喷涌。二哥咽气的最后一瞬还说的是"不是死,是爱",然后才垂下他的头。他的眼睛是杨朦去关上的。那两口深奥的洞穴中装着没有人能够理解的忧伤。

二哥开始发奋，借着复习功课的名义，他三天两头到杨家去。他只要一进这家的大门，骚动的心立即变得安宁而平和。

二哥这么做使得三哥颇为不满。三哥不想读书，也觉得二哥犯不着去读。三哥说父亲没文化不也活得挺快活？二哥说可他的儿女们活得并不快活。三哥说我觉得还蛮好嘛。二哥说我觉得像狗一样，特别是小七子，连狗都不如。二哥说这话时，七哥正一脸污垢地坐在门口，把鼻涕往嘴里抹，嘴还喷喷地咂响。

三哥对杨家有一种天生的厌恶。尤其对杨朗。他说这女孩子完全是妖精投胎。他头一回说时二哥只是瞪了他一眼。说第二回时，是二哥和三哥在路上碰到杨朗之后。那天是二哥和三哥在去偷煤的路上遇到杨朗和杨朦的。杨朦见二哥手里拿着麻袋便问你们去哪里。二哥支吾说去弄些煤。二哥回避了偷字也回避了捡字。杨朦说需要我帮忙吗？杨朦话音刚落，杨朗就拽着他的衣服说："那怎么行，脏死了，脏死了。"三哥这时板着脸对二哥说："我一个人先走。"二哥忙对杨氏兄妹说了声"我走了"，便同三哥匆匆而去。三哥脱口骂了句："臭妖精。"二哥立即站定，眼睛里喷着火。他咬牙切齿说："你这是第二次骂了，如果我再听到第三次，我跟你的兄弟关系从此了结。"三哥莫名其妙，委屈得很。只得嘴上连连喊叫几句："我怎么啦？我怎么啦？"

过了好多天，杨朗说"脏死了"的话被她母亲——语文老师知道了。语文老师要杨朗向二哥赔礼道歉。杨朗说"请原谅"时倒是大大方方而二哥却唰的一下红了脸。二哥嗫嚅着向语文老师说他和弟弟实际是去偷煤的。语文老师没说什么只是长叹了一口气。那叹声显得那般沉重以致二哥的心被压迫得一阵阵发疼。他那一晚复习功课老是走神。临走前，语文老师第一次把二哥送上了马路。月光铺在沥青路上泛起一片白色，语文老师说："我知道你家里很困难，但人穷要穷得有骨气。这一点你应该理解。"二哥使劲地点了点头。

二哥错就错在他不该把语文老师的话原版说给父亲听。父亲气得当即把手里的酒瓶朝地上一砸，怒吼道："什么叫没有骨气？叫她来过过我们这种日子，她就明白骨气这东西值多少钱了。"二哥吓得不敢吭气。父亲说："你小子再敢去什么羊家猪家的，老子定砍了你的腿。"母亲也说："哼，他们那种人不就是靠我们工人养活的吗？他们是吸我们的血才肥起来的。"二哥说："他们家是医生，又不是资本家。"母亲说："你若替他们讲话，就跟他们姓杨好了。"父亲说："小子，什么叫骨气让我来告诉你。骨气就是不要跟有钱人打交道，让他们觉得你是流着口水羡慕他们过日子。"

二哥叫父亲说得一脸羞愧。他觉得自己的确有点像流着口水的角色。二哥果然一连几天没去杨家，他很难受，心口像坠着许多石头沉甸甸地在胸膛内摆来摆去。第七天，二哥和三哥背着煤回来时，遇到了杨朗。杨朗迎上前，说："你怎么不来了呢？"二哥张了张嘴，答不出。杨朗说："你恨我了是不是？我不是已经承认错误了吗？"二哥凝神望了她几秒才偏过头低沉地回了一句："我不配去。"杨朗随二哥进了屋，她第一次看清了这是一个什么样的家。杨朗说："你晚上还来吧，要不哥哥又要责怪我了。"二哥说："你告诉杨朦，我家里有事，这几天不能去。"杨朗说："好吧。"她退出去的时候，手不小心碰着了正往屋里走的七哥。她尖叫一声，迅速跳到门外，然后掏出小手绢一边走一边使劲地擦。直到她人影消失前的最后一个动作还是在擦手。

二哥最终还是没去杨家。他也没能考上一中。但这实在不能怪他没努力。好长一段时间他总是在路灯下复习功课，而临考前的一个星期，天一直下着雨。这使他根本找不到一块读书的地方，只得在家里窝在众弟兄中，一遍又一遍地听父亲讲他当年的故事，八点钟和全家人一起睡觉。

二哥被录取到八中。这在我们家已经是第一个了。如果不是七哥在极偶然的情况下去上了大学，那么，二哥这个高中生就算是家里学历最高的人了。杨朦自然上了一中。这也是二哥早料到的。假期中，杨朦曾经到家里玩过几次。他和二哥坐在门口看着一辆辆火车从眼边掠过，两人谈了很多很多。开学之后，渐渐二哥与杨家日益淡泊以致完全没有了往来。

二哥是一个出色的学生。他的派头和说话的口气同家里人越来越不一样了。他对父亲说他要上大学。他想当一个建筑师。他要让父亲和母亲住进他亲手设计的世界上最美丽的房子里。他说这些话时，深奥的眼睛里放射的光芒能照进所有人的心。父亲和母亲雷击了一般呆望了他好一会儿。屋外一阵汽笛长鸣，小屋在火车的轰隆中摇摆时，父亲才一下子醒悟。父亲一反常态像一个小孩子一样狂喜狂叫道："我儿子有出息，像我的种。"然后把二哥横看竖看拍拍打打了好半天，那一天全家人都兴奋至极，只有七哥一如往日小狗般爬进床底睡得死沉。

二哥上大学当建筑师的梦自然和许多许多人的梦一样，叫一场"文化大革命"冲得粉碎。二哥尽管可以干红卫兵司令，但他仍然感到心灰无比。他没参加任何一派，他被父亲指示回来干活。他有一排半截子大的弟妹，他得为生活劳碌，父亲给二哥弄了一辆板车，二哥每天到黄浦路货场往江边拖货，他能挣不少钱。冬天的时候，他让他的弟妹们都穿上了线袜子。

一天晚上，家里人全都睡下了。家里人总是睡得很早，因为明天要干活，也因为不睡下小屋里便拥挤不堪嘈杂不堪。在屋里的鼾声此起彼伏时，突然门被敲得轰响。所有人都在同一刻被惊醒，这似乎是记忆中未曾有过的事情。父亲首先喊骂起来："魂掉了？怎么这样个敲法？"不料答话的竟是杨朦。二哥从地铺上一跃而起，他显然有些紧张，仿佛预料到了什么。二哥开了门，他看见杨朦的右手紧紧揽着杨朗而杨朗全身哆嗦着两眼红肿。二哥急问："出了什么事？"杨朦脸色很冷峻，说话时却很悲哀。他说他们的父母下午双双出去，到现在尚未回来。他们兄妹等到晚上觉得奇怪，便到父亲卧室里看看有没有什么字条。结果发现父母联名给杨朦的信。信上要杨朦对家里所有发生的事都不要太吃惊，他唯一的责任就是照顾好妹妹。然后在最后一行写下"别了，亲爱的孩子们"几个字。杨朦的话还没说完，屋里的父亲立即吼了起来："蠢猪，还慢慢说什么？他们去找阎王爷了。还不快去找。"杨朦说："朗朗已经受不了了，许姨上个月就被赶回了老家。我想请你照顾她一下。"二哥说："我去替你找，你照顾朗朗。"杨朦说："那怎么行？"此刻父亲已经下了床。他用脚踢着正趴在地铺上听杨朦说话的三哥四哥五哥六哥，嘴上说："起来起来，今晚都去找人。"父亲转身对杨朦说："让二小子陪姑娘，这几个小子都派给你，你尽管支使他们。"杨朦说："伯伯我该怎么感谢您呢？"父亲说："少说几句废话就行了。"

二哥几乎是将杨朗背回去的。她软弱得无法走路，嘴上喃喃地说些二哥完全听不清楚的话。二哥三天三夜没有合眼。杨朗到家之后便发起了高烧,她的眼泪已经哭干了,脸烧得通红通红,嘴唇上的燎泡使她的模样完全变了。二哥为她请医生为她煮稀饭喂药,然后小心地趴在她床边哀声求她一定要坚强些。

第四天杨朦精疲力竭地回来说父母找到了。他俩双双跳了长江。他母亲结婚时的一条白纱绸将他们的腰紧紧扎在一起。尸体在阳逻打捞出时已经肿胀得变了形。杨朦说完这些,双腿一软跪在地上痛苦地呕吐起来。他几天没吃什么,呕出一些黄水,脖子上的青筋扭动和鼓胀得令二哥无法直视。如果不是二哥急中生智,突然伏在他耳边说:"千万别这样,朗朗见了,就完了。"杨朦恐怕也挺不住了。朗朗正在屋里昏睡,一切情况都尽可能瞒着她。

一个星期后,丧事在二哥三哥及诸兄弟共同帮助努力下,算是比较顺利地办完了。医生和语文老师的骨灰合放入一口小小的白坛之中。父亲帮忙在扁担山寻了一块墓地,于是他们便长眠在那座寂寞的山头。二哥站在坟边,望着满山青枝绿叶黑坟白碑,心里陡生凄惶苍凉之感。生似蝼蚁,死如尘埃。这是包括他在内的多少生灵的写照呢?一个活人和一个死者之间又有多大的差距呢?死者有没有可能在他们的世界里说他们本是活着的而世间芸芸众生则是死的呢?死,是不是进入了生命的更高一个层次呢?二哥产生一种他原先从未产生过的痛苦。这便是对生命的困惑和迷茫而导致的无法解脱的痛苦。这痛苦后来之所以没能长时间困扰他并致使他消沉于这种困扰之中,只是因为他几乎在产生这痛苦的同时也产生了爱情。爱情的强烈和炽热熔化了他的生命。在爱情的天空之下,他活得那么坚强自如和坦然。直到一个阴天里，爱情突然之间幻化为一阵烟云随风散去，他的生命又重新凝固起来。他的为生命而涌出的痛苦才又顽固地拍击着他的心。他想起扁担山上那幅青枝绿叶黑坟白碑的图景，也蓦然记忆起自己关于生命进入高一层次的思考。那个夜晚他便用刮胡子的刀片割断了手腕上的血管。他将手臂垂下床沿，让血潺潺地流入泥土之中。同他挤在一床的三哥到清晨起床时才发现他已命若游丝了。闻讯而来的杨朦杨朗惊骇地看着一地的血水。杨朗失声叫道："为什么非得去死呢？"二哥那一刻睁开了眼睛，清晰地说了一句"不是死，是爱！"，然后头向一边歪去。

这是一九七五年在江汉平原东荆河北岸发生的事。迄今业已十个年头了。

七

七哥现在想起来当年他听到二哥的死讯之时完全像听到一个陌生人之死一样，表情很淡泊，尽管二哥曾有一段时间待他相当不错。七哥那时下乡也有一年了。他在大洪山中一座被树围得密密实实的小山村里。他一直没有回去。大哥歪歪倒倒的几个字告诉他二哥已死这个消息。这是他收到家中的唯一的一封信。他没有回信。

七哥下乡那天家里很平静。他一个人悄悄走的。走到巷口时，遇到小香姐姐同一个黑胡子男人。小香姐姐正同那男人搂搂抱抱地迎面而来。这是小香姐姐的第几个男人七哥已经搞不清了，只是不久前听母亲对父亲说小香姐姐要嫁给这个男人。一来她可以不下乡了，二来她已经有了他的孩子。小香姐姐已经不能再打胎了，要不她以后就根本不能生育。这是医生对陪小香姐姐去检查的母亲说的。小香的风骚劲同当年的母亲一模一样，唯一不同的是小香的男人换了许多而母亲的男人却只有父亲一个。七哥见到小香姐姐时忙谦卑地站到路边，让她嬉笑着过去然后自己再踽踽而行。小香姐姐仿佛根本没见到七哥一样，连瞟都没瞟他一眼。七哥最仇恨家里的三个女性，尤其以小香姐姐为最。七哥曾发过一个毒誓：若有报复机会，他将当着父亲的面将他的母亲和他的两个姐姐全部强奸一次。七哥起这个誓时是十五岁，原因是那一天他在床底下睡觉时五哥六哥带了一个女孩到屋里来。一会儿七哥听见那女孩挣扎着哭泣，床板在七哥上面咯吱咯吱地响得厉害。七哥不知出了什么事便伸出了头。七哥看见五哥和六哥都赤裸着下身。五哥伏在女孩身上而六哥则按着她分开的腿。六哥看见七哥便使劲照他的头击了一下，吼道："你什么也没看见，说！"七哥喏嚅着说："我什么也没看见！"然后缩回床底。他听见那女孩一阵阵的呻吟声，那呻吟中的痛苦使七哥感到浑身刺痛。他觉得只有眼见着世界灭亡的人才能发出那样的痛苦之声。当即他便想他得让他仇视的人——他的母亲和他的姐姐们也这么痛苦一次。

七哥的誓言当然成了他嘲笑自己的材料。当他后来有无数机会之时，他却毫无这种报复的欲望。

七哥是孤独一人进的小山村。这是七哥自己挑的地方。这里下了汽车还得走整整一天的山路。七哥就是想到这么一个地方，让所有人都不知道他在哪里。

七哥和他房东的儿子共睡一张床。这是他有生以来第一次在正经八百的床上睡觉。油污的床单下垫着玉米秆和稻草。满屋里散发着一股植物的香味。屋后有三棵香果树。七哥仰躺着，两尺之外的空间不再有黑压压的床板和父母翻身而引起的吱嘎之声。三步开外没有他并排躺在地铺上的一排兄长起伏的鼾声和梦呓。空间很大，有老鼠从梁上唰地跑过。月光白惨惨地从屋瓦的缝里泻了下来。云遮云开，那光如在屋子里飘忽。七哥突然感到万分恐惧。房东的儿子睡在那一头，死寂一般毫无声响。这让七哥觉得他正躺在人类之外的另一个世界。他从未想到过的关于死的问题在那一晚却想了数次。七哥想是不是他已经死了而他本人还不知道。人们把他埋在这里并告诉他这是到农村去，而实际上却是在阴间的一个什么地方。七哥一连许多天都这么想个不停。他还试图在男人中找到他的弟弟——我。他想他的弟弟很可能是在这群人里，只不过他们分别已久，彼此认不出来了。七哥他很高兴自己知道很多别人悟不到的东西。他明白他周围的人都是先他而来的阴魂。这些阴魂也不知道自己死了。他们很自豪地认定自己在阳世而且活得很舒服。七哥想只要看他们走路那种飘来飘去的劲儿，就知道换了世界。

七哥不同村里任何一个人交往。不到非说话不可的时候他绝不开口。他像一条沉默的狗，主人叫舔哪儿就乖乖地去哪儿舔上几口。村里人开始都说七哥老实透了，后来又说七哥其实是阴险至极。不叫的狗最为厉害，这是老幼皆知的古训。最后大家还是一致认为七哥是个怪物。七哥对那些纷纷繁繁的议论充耳不闻。七哥认定正常的死人是不说话的。

七哥到村里住了三个月后听说村里最近开始闹鬼了。七哥觉得好笑，我们自己不都是鬼吗？七哥对那些越说越惊心动魄的鬼的故事毫不理会。但他倒是希望自己能碰上那鬼。说不定那是小八子，七哥这么想。

房东的儿子每天吃饭时都带回鬼的故事。那鬼是极瘦的。喏,像他那样。他指了指七哥。走起路来像飘一样。鬼每天围着村口的银杏树飘三圈然后就进林子。进了林子鬼就变成了白的。从一棵树飘到另一棵树。每飘到一棵树下就发出一阵凄厉的叫声。那声音极古怪。从林子上空缓缓越过村子然后转一个弯又回到林子里。就这么一直到下半夜,鬼才化作一股烟气消散。

过几日房东儿子又说,鬼现在会在林子很深很深的地方尖叫。那里的野兽都吓跑了。猎民在那里连一只野鸡都打不到。

再几日,房东儿子又报道,村头老鱼头的女儿回娘家,上山时崴了脚,半夜才跛到家。她在林子边遇见了鬼。起先她没发现,是鬼先飘到她跟前的。她吓得使劲把鬼一推拔腿就跑。到家后她说鬼是滑溜溜的。

村里到处都是鬼影,奇怪的是鬼并没有干恶事。便有人商讨是不是把鬼抓来看看究竟是什么样的。这主意自然是青年人出的。七哥原本也想去看看鬼到底是怎么回事,但他那天实在太困,便在天一擦黑时倒床睡下了。

那天夜里没有月亮。七八个年轻人都伏在林子里。房东的儿子也去了。他们个个都发着抖,抖得一边的灌木都不断发出簌簌的声音。子夜时分,鬼就围着树绕圈子了。果然极瘦,果然飘一般地走路。进入林子之后发现它果然是白色的。年轻人胆怯着不敢动手。终于其中一个干过猎人的小伙子抛了一根圈套,一下圈住了鬼。鬼凄厉地叫了起来,一连三声,又长又亮,全村人都听见了。它叫完之后,轰然倒下,不再声响。年轻人用绳子捆住了鬼。手摸上去,那鬼果然滑溜溜的。抬到村边亮处,才发现是一个活人。他均匀地呼吸着,沉睡一般。房东的儿子点了火,他失

153

声叫了起来。人们都认出了，这是七哥。七哥浑身赤裸着。他身上的肌肤极白。他依然平稳地呼吸着，还很随意地翻了一个身。

有人照七哥屁股上狠踢了一脚。七哥哎哟一声，突然醒了。他莫名其妙地看着一圈又一圈围着他的男人和女人。眨了眨眼，低下头又发现自己一丝不挂。他低吼一句："你们要干什么？"那声音沉闷而有力，仿佛是从远处穿过无数山脊之后落在这儿的。于是有人问七哥你是不是天神派来的。七哥说不是，我一直在阴间里老老实实做真正的死人。七哥是按自己的思路回答的，却叫所有的人毛骨悚然。天亮了，人们惶惶惑惑地散去。房东的儿子找回七哥的衣裤，极恭敬和谦卑。

七哥好久不明白到底他那一晚出了什么事。"鬼"仍然每夜出来在林子里飘荡。

七哥是一九七六年突然被推荐上大学的。他去的那所学校叫"北京大学"。在此前，七哥几乎没听过这所学校的名字，更不知道北京大学是中国最了不起的学府。七哥走的是狗屎运。七哥的父亲是苦大仇深的码头工人，这使其他知青望尘莫及。再加上村里人一直吵闹着要将七哥送走，鬼气在他们的生活中已日见浓郁了，为此他们不能再忍受下去。北大不怕鬼，却极欣赏七哥苦大仇深的家史。父亲自七哥出生那天起就与他为敌，这会儿却不期然为他办了件好事。

七哥惆怅着走出那树林密绕的小山村。七哥觉得自己在那里已经活了一个世纪，眼下他又重新投胎回到人间了。七哥走上公路时，太阳已经当顶，光线明亮得让他感到一阵阵晕眩。一阵风过，路旁的树扬起轻松的呼呼声。鸟儿也叫得十分轻快。七哥喘了口气。他摸摸心口，觉得心跳动得比原先要响亮多了。

七哥要去北京，而且要堂堂正正坐火车去北京，而且火车要耀武扬威地从家门口一驰而过，这消息使得全家人都愤怒得想发疯。就凭癞狗一样的七哥，怎么能成为家里第一个坐火车远行的人呢？七哥到家那晚，父亲边饮酒边痛骂。七哥默默地爬到他的领地——床底下，忍着听所有的一切。

七哥走的那天下着大雨。七哥只有一双洗得发白的球鞋。他怕到了学校没有鞋穿所以光着脚上的路。父亲和母亲一早都上班了，他们连一句话都没说，仿佛眼中并没有七哥这么个人。大哥把七哥送到巷口，然后给了他一毛钱，说雨太大了你坐一段公共汽车吧。七哥没有坐车。他淋着雨穿过大街小巷。他的行李越来越重。衣服紧紧贴在身上。他的骨头凸了出来使得七哥很有立体感。七哥想得很清楚，棉絮打湿了是没什么关系的。夏季的太阳一个下午就能把它晒干。

七哥一走三年未归，家里人简直不知他的死活。没人打听他，他也未曾写信。直到三年后七哥神采奕奕地出现在家门口时，所有在家里见到他的人都大吃了一惊。

"怎么都发呆了？还不是和你们一样的一个脑袋上七个孔。"七哥说。

归来的七哥已经完全是另一副样子了。

八

三哥宽肩细腰上身呈倒三角形，是女人尤为欣赏的体形。三哥在夏日里脱去汗衫，光膀子摇着大蒲扇坐在路边歇凉时，所有路过的女人都忍不住心跳要将他多看几眼。三哥袒臂露胸，肌肉神气活现地凸起，将皮肤撑得饱满。邻居白礼泉那天看了美国电影《第一滴血》后回来吹嘘说："嗨，那个美国佬好块头，简直快赶上隔壁的小三子了。"弄得河南棚子好些人争相去看史泰龙的好块头。结果回来都说真不错，是快赶上小三子的块头了。但是三哥的相貌不及史泰龙，这也是公认的。三哥原先倒也长得像父亲年轻时一样英俊。但三哥脸上老是露一副凶相，渐渐地，便长出父亲所没有的横肉。那横肉便使三哥的模样不容易叫人接受。

父亲说，心里没有女人的男人才生长出这种霸王肉来。

三哥心里是没有女人的。三哥对女性持有一种敌视态度。三哥尽管已经过了三十五岁几乎奔四十了他却仍然没有结婚。他根本不想结婚。常常有女人去找他去向他献殷勤。三哥也不拒绝，在她们愿意的情况下三哥也留她们过夜。三哥怀着一股复仇的心理与她们厮混。三哥发泄的全是仇恨而没有爱。而女人们要的是三哥的身体，倒并不在乎感情是怎样的色彩。三哥是在二哥死后被招到航运公司的。二哥的死给了三哥生命中最沉重的一击。二哥是三哥在人间一睁开眼就朝夕相处的亲哥哥。他爱他甚至超过爱自己，因为三哥清楚记得他小时候莽莽撞撞干的许多坏事都被二哥勇敢地承担了。二哥为此遭过不少毒打但在他长大后从来没对三哥提过一句。三哥把这一切都牢记在心里。三哥正是这样一种人：谁要真心对他好，他也是肝脑涂地以心相报。而二哥除此外，还是与他一脉相承的兄长。二哥却被女人折磨死了。女人从那天起便像一把匕首插在三哥的心口上，使得三哥一见女人心口便痛得渗出血来。他常常愤怒地想女人怎能配得上男人的爱呢？男人竟然愚蠢到要去爱一个女人的地步了吗？每当在街上他看见男人低三下四地拎一大堆包跟在一个趾高气扬的女人身后抑或在墙角和树下什么的地方看见男人一脸胆怯向女人讨好时，他都恨不得冲上去将那些男女统统揍上一顿。这种事三哥不是没干过。一天晚上他送醉了酒的船长回家，返回时他抄近道走的是龟山上的小路。月光如水，山静如死。三哥打着饱嗝跌撞着乱窜。忽然他看见一棵树下的两个人影，他原本走过去视而不见的。不料人影中之一扑通一下跪到地上。他听见那是个男人的声音。那男人可怜巴巴地说："求求你答应我，没有你我活不下去。"另一个人影只是用鼻子哼了一声，这果然是个女人。三哥七孔都冒出怒火。他连犹豫都没有，大吼一声冲上去，朝那熊包一般的男人拳打脚踢。然后回过身将吓傻的女人胸口抓住，用全力横扫几巴掌。巴掌在女人脸颊上撞击得啪啪响，声音清脆悦耳。三哥的心这才舒坦了许多。如此他才丢下那对男女继续打着饱嗝下山了。

　　三哥在驳船上当水手。他的船长十分赏识他。三哥安心住在船上从不觉得水手是份丢人的职业。三哥身高力大干起活来从不耍滑。三哥还能陪船长喝酒，这是船长感到最兴奋的事。船长说三哥是他有生以来最默契的酒友。他们俩在一起能将二斤白酒喝得瓶底朝天。夏天的时候，船长总会冒出些疯狂念头。他叫驳船继续行驶而自己拉了三哥跳入长江一路游去。船长和三哥游泳的本事也不相上下。他俩胆大包天，在长江里宛如两条棕色的龙。船长对三哥说如果掉进漩涡就平摊开身体不要动，漩涡就会把你自动地甩出来。三哥故意激他，说是你又没进去过怎么倒向我传授经验？船长急了说你不信，这是老水手都清楚的。三哥说我没见过的都不信。船长突然指着一个漩涡说那我就叫你见一次，没等三哥阻止他便几下冲了进去。三哥呆愣愣地踩着水不敢往前。漩涡转得比想象的要快，三哥看不清船长在什么地方。但是一会

157

儿他听见了呼叫,是船长在他的侧面嘻嘻地招手。当三哥游过去后船长说险些丢了命。三哥说如何?船长说像是有许多手把你往江底拽,我已经觉得完了的时候一下子被放出来了。船长说平摊着不动也不行,得看什么时候动。三哥默然不语。忽而他见到一个漩涡立即对船长说了句看我的,便一头扎了过去。三哥在漩涡里身不由己,他被许多只巨手像掷球一样掷来掷去。他的肚皮上有另一种磁力将他往水底吸去。三哥不由得失声叫了起来:"救命啊。"他没有叫完又喝了好几口水。三哥瞬间想:也好,进阴曹地府可能还能见到二哥呢。这一刻三哥被一只手轰的一下抛了出来。三哥傻瓜一样不明了方向,直到船长游到他跟前他才清醒。船长游过去扇了三哥几耳光,大声训斥道:"小命也是可以开玩笑的?你死了,我还要受处分呢。"三哥的脸上火辣辣的但他感到很舒服。三哥说:"我以漩涡报答漩涡。"

晚上抛锚后船长和三哥在甲板上饮酒。船长敬了三哥三杯酒,连声说一条好汉一条好汉一条好汉。

船长和三哥在甲板对酌时常叹说要有女人就好了。船长有老婆和两个小子,夜里也牵肠挂肚地想。三哥在这点上与船长不投。三哥说酒比女人好。最便宜的酒也比最漂亮的女人有味道。三哥说时常咂咂嘴连饮三杯。江上清风徐来,山间明月笼罩,取不尽用不竭。三哥说人生如此当心满意足。船长说你没有女人为你搭一个窝,没有女人跟你心贴着心地掉眼泪,你做人的滋味就算没尝着。三哥不语。

三哥想他宁愿没尝着做人的滋味。女人害死了他的二哥,他还能跟女人心贴着心吗?三哥说这简直是开玩笑。当年二哥对杨朗好到什么地步几乎没人想得出来。二哥原本可以不下乡,然而杨朗下乡二哥也就下了，他把板车交给了四哥。三哥为了二哥也一块儿下到杨朗的队里。二哥几乎把该杨朗干的活全部揽下了，连杨朦都插不上手。那时间杨朗绕着二哥又是说又是笑，两人在河边草滩上抱着打滚连三哥都不好意思多看几眼。二哥一分一分地存钱。他要买最漂亮的家具布置新房，他要把家弄得像杨朗过去的一样舒适。三哥也为这个目的同二哥一起奋斗着。一次又一次招工，没有杨朗。二哥一次又一次放弃自己的机会。三哥也陪伴着。每年修水利，二哥一星期都要回村一次。几十里路连夜走哇，只是为了看一眼他心爱的人。每年如此每星期如此，直到有一天杨朗终于拿到了表格。杨朗填了表到县里去了。她一去就是三天，回来告诉大家这次必走无疑。职业是护士。二哥几乎将全公社的知青都请来喝了酒。有人告诉他杨朗是用贞操换来的职业。二哥呆愣了，手上的酒瓶落在地上。杨朦转身而去。他揪住了他妹妹的头发。杨朗承认了。但她没说那男人是谁。三哥手上已经拿了刀。三哥准备杀人去的。杨朗说她既然把身子交给了那个男人就打算和那人结婚。二哥让杨朦松开了他的手。他忍受不了他心爱的人被她哥哥揪扯住头发。二哥一缕一缕替杨朗理顺发丝，颤着声说："我知道你是迫不得已。我不怪你。我不计较那些。但你不能同那人结婚。那是个禽兽。"杨朗说："你就死了心吧，我不可能嫁给你的。"二哥惊问为什么。杨朗说："我从来就没爱过你，我只是看你可怜才应付你一下。你千万不要当真。"二哥脸色煞白，他长啸一声冲出门去。三哥扔下刀追了出去。三哥把二哥拖到自己的屋里，他让半昏迷的二哥躺下了，他自己也躺在一边。三哥的怒火一蹿一蹿，他想去狠狠教训一顿杨朗，然而他寸步不敢离开二哥。他知道这对他的二哥是致命的一击。他知道二哥活不长了。三哥忧郁地想着迷迷糊糊睡了过去。他没料到他的二哥失去了爱情连一夜都不打算活。

杨朗终于走了而杨朦留了下来。他在二哥的坟前盖了个草棚。他说他将陪伴他的朋友直到他死。他替他的妹妹赎罪。三哥为此扔掉了那把准备杀死杨朗的刀子。这兄妹俩迥异的表现使三哥猜不透究竟是什么原因。三哥只能去设想：女人天生阴毒。

船长对三哥所说的一切不置可否。他只是对三哥说等你有一天碰上一个好女人时，你就知道男人跟女人比简直是臭虫一个。

可惜船长没能见到三哥碰到好女人的日子。船长对三哥说那一番话不久，驳船在青山岬水道翻了。全船人都沉到江底包括船长，而唯独三哥逃了出来。

这是一九八五年的初春时节。三哥从此不敢上船。他连游泳都不敢了。于是他辞了职。他像一个孤魂飘飘荡荡来无影去无踪。好多天好多天后，三哥申请了一个执照，添置了一套工具，每天坐在地下商场侧门，见人买了皮鞋便追着问："钉个掌怎么样？"

九

七哥成天里忙忙碌碌，又是开这个会又是起草那个文件又是接待先进典型又是帮助落后青年，每晚一头倒下床脑袋里混沌一片。他不知道自己究竟在干些什么事和干这些事的意义何在。他只知道如此这般卖命干了就能博得领导好印象，好印象的结果是提拔，而提拔的结果是有社会地位有权力，而有权力的结果是工资高加房子分到手、福利优厚以及来自四方的尊敬。如此，一个人的命运才能得到最为彻底的改变。七哥觉得他活着的目的就是为了改变命运。他想象不出来如果不上大学他将是什么样子。

七哥到学校第一个晚上梦游时就被同寝室的同学抓到了。

七哥睡的是上铺,下床时他蹬倒了床边的方凳子。他的下铺立即醒来。他看见七哥一件件脱下背心短裤然后赤裸着往外走,心里甚是骇然。七哥出门后,他便叫醒全屋人一起悄然跟上。他们跟着七哥出了宿舍楼,七哥看见树就绕圈子,绕了几圈后便发出令人毛骨悚然的尖啸。几个同学由害怕到不解,继而终有人悟出,说恐怕是梦游。于是一起上前,几双手拼命摇撼七哥。七哥睁开眼猛眨几下,身体一惊颤。说你们干什么?一个同学说你梦游了,我们想叫你回去。七哥茫然四顾,再低头看自己一身,突然醒悟。他挣脱同学的手,疯狂地奔进房间,爬上床铺,一动不动。七哥想起曾经有过的关于鬼的故事。他想这么说来村子里白色的皮肤光滑的鬼就是他自己了。

七哥自小卑微惯了。入校后依然眉眼中露出怯生生之气,一副极猥琐的样子。梦游的事成为全体同学的话柄,这使七哥愈加缩头缩脑,自惭形秽。七哥每天三点一线:宿舍——教室——食堂。无人睬他他也懒睬旁人。如此相安无事几乎一年。

学校的生活自是清苦。而对于七哥却是好得不得了的日子。七哥削尖的脸由此而圆润起来。七哥毕竟是父亲的儿子。父亲所有儿子中没有一个不是身架均匀五官搭配极佳的好男儿。七哥猥琐归猥琐,但相貌在那儿搁着。班上有极风流俊雅的女生叹惜说七哥如果有三分洒脱也可称全系的美男子。而七哥却嗫嗫嚅嚅的完全与洒脱无缘。美男子的称号只得落在七哥的下铺身上。

七哥的下铺是从苏北一个乡下来的。苏北佬在公社读高中时很能写文章,曾写过好几篇公社书记的先进事迹报道。这些报道通过有线广播弄得全县人都知道了那书记的大名。出了名的书记便在苏北佬毕业一年后乐呵呵地将他推荐到了大学。临走前欢送会上又开了他的入党宣誓会。为此，苏北佬一到学校便成了班上党支部的宣传委员。苏北佬白白净净典型的江南小生模样，加上大眼小唇温文尔雅，故而很得那些女生的喜爱。班上女生大多高干子弟或女干部。自己泼辣能干张牙舞爪成性却对温顺柔弱的男人有兴趣。这当然也是奇怪之至的事情。苏北佬被几个豪放过人的女孩子追得狗一样乱窜却不见他对其中某个产生兴趣。这劲头弄得女生泪眼涟涟，男生醋意十足。

不料一日系里召集全系性会议，在会上宣读了一封来信。信写得情真意切。写信人是一位女清洁工，说是她因患骨癌对生活感到绝望之时遇上了田水生。七哥想田水生不就是苏北佬吗？是田水生诚恳的谈话使她放弃了死的计划。这之后田水生常常去看望她鼓励她，陪她去长城饱览万里河山去香山欣赏深秋红叶，教会了她很多做人的真理。于是他们俩相爱了，爱得很深很深。但是近半年来，她的病情恶化得很厉害，癌细胞已遍布全身。水生却对她忠心耿耿百般照顾。为了使她享受到做人的幸福，水生已答应同她结婚。信中说："我即将告别这个世界走向死亡那遥远的甬道。在我踏上那甬道之前，我有责任将这个青年美好的灵魂展现出来。我渴望向全世界人宣布我的丈夫是一个了不起的人。"

来信引起的反响不啻有人在图书馆放了炸弹且准时爆响了。苏北佬一下子成了英雄。报社记者络绎不绝，每一篇报道都催人泪下。苏北佬出去讲用过好多次，据说每一次讲的效果皆佳。动人心弦的故事给命运套上了极艳丽的花环。苏北佬同清洁工结婚了。半年不到，她死了。而她给苏北佬带来的花环却依然栩栩如生大放异彩。

七哥却从苏北佬极诚挚的语言和极慷慨的激情之后看出那一丝丝古怪而诡谲的笑意，那笑意随着女人的离世而愈加明朗。一天早上起来，苏北佬竟拿着小梳子对着小圆镜梳头发而嘴里却哼着一支极欢快的歌子。房间里同学都去早锻炼了。七哥刷牙回来听见这歌子不由得直勾勾地盯着他。苏北佬放下镜子看见了七哥，也看见了七哥直勾勾的目光。他尴尬地假咳两声逃也似的出了房门。那女清洁工死了才二十三天。这数字是七哥掐指算了好一会儿才算出的。

苏北佬知道七哥已勾去了他的真正的魂灵。苏北佬对七哥一下子亲善起来。七哥得了阑尾炎住院动了手术。这期间只有苏北佬天天来看望他。七哥从来没领教过时时被人记挂的感觉。面对苏北佬的殷勤和关心，七哥苍白的脸上不由自主浮出许多感激之情。苏北佬总是淡然一笑说没什么没什么。

七哥的伤口快合拢的那一天，七哥斜躺在病床上看书。那一堆书都是苏北佬带给七哥解闷的。七哥过去几乎没读过几本文学书籍，倒是这次住院开了一点眼界。窗外干风吹打着树枝噼啪地响。劈栅栏木条的人居然成为美国总统这一事使七哥激动不安，以致苏北佬进门来时七哥仍满额汗珠手指颤抖。

苏北佬坐在七哥床边，无言地也用那直勾勾的目光看着七哥。七哥感到他的魂灵也要被这目光勾走了。七哥突然说我理解了你。苏北佬说理解了就好。七哥说我应该怎么办？苏北佬说换一种活法。七哥说怎么活？苏北佬说干那些能够改变你的命运的事情，不要选择手段和方式。七哥说得下狠心是吗？苏北佬说每天晚上去想你曾有过的一切痛苦，去想人们对你低微的地位而投出的蔑视的目光，去想你的子孙后代还将沿着你走过的路在社会的底层艰难跋涉。

七哥果然想了整整一夜。往事潮水一样涌来而又卷去。七哥惊恐地叫出了声。护士来时他正大汗淋漓地打着哆嗦。伤口又崩裂了，一丝一丝地渗着血。护士说："做噩梦了？"七哥说："是，做噩梦了。"

一场噩梦已过。当太阳高升之时，七哥突然感到生命的原动力正在他周身集聚，感到血液正欢快而流畅地奔涌，感到骨骼为了他的青春正咔吧咔吧地响，他感到由衷的解脱和由衷的轻松。

那一年，七哥二十岁。两年后他分回了武汉。他在汉口一所普通的中学教书。七哥明白这里绝不是他的久留之地。七哥对寂然地活着已经腻味了。七哥渴望着叱咤风云，而这种机会只要去寻找和创造总归还是会出现的。

十

七哥现在最难见到面的是他的四哥。七哥对四哥无好感亦无恶感。四哥对七哥也是这般。

四哥是个哑巴。他在六个月时发高烧而父亲那天打码头负了伤，母亲为父亲忙碌去了。高烧之后四哥虽然活了下来却丧失了听和说的能力。四哥能吃能喝心情愉快地在这个家庭中生长。只有他从来没挨过父亲的拳脚。这使得四哥对父亲格外亲热。只有四哥在看见父亲下班后才会欣喜地迎上前用他混浊不清的话叫着"爸"……"爸"。四哥只会叫这一个字。他不会叫妈。为此母亲并不因为他的残疾而格外怜爱他。

四哥十四岁就出去干零工了。他先跟泥瓦匠打下手，后来二哥随杨朗下乡后把他名下的板车交给了四哥，四哥便当了装卸工，一直稳定地干到今天。

四哥的经历平凡而顺畅。四哥二十四岁便和一个盲女子结了婚。四哥有眼而她有灵敏的耳和灵巧的嘴。这是一个完整人的家庭。四哥分了间十六平方米的房子。这比父母住了一辈子的那间还要大一点。四哥便在这里和他的妻子生儿育女。四哥先生了一个女儿后来又生了一个儿子。四哥是赶在只许生一个的前面生的这个儿子。四哥的儿女漂亮如父聪敏如母。这使得四哥每日咿咿哦哦地兴奋不已。四哥家里已添置了电视机和洗衣机。四嫂说电冰箱的钱也快攒齐了。

七哥到四哥家里去过一次。他看见四哥家的墙壁上贴满了各种奖状。那全是四嫂和侄儿侄女的。没有四哥一张。七哥问四嫂为什么没有四哥的呢？四嫂说他又不会说甜言蜜语。人家选先进时他又不晓得是干什么。四哥四嫂留七哥吃了饭。四哥拿出一瓶洋河大曲。四哥在这点上同父亲一模一样。只是四哥酒后绝不打他的儿女。七哥想大约是四哥从未挨过打的缘故吧。

能有几人像四哥这样平和安宁地过自给自足的日子呢？这是因为嘈杂繁乱的世界之声完全进入不了他的心境才使得他生活得这般和谐和安稳的吗？

四哥又聋又哑呀。

十一

七哥在该恋爱的年龄里就自然而然地恋爱了。那女孩比七哥小两岁，长得眉清目秀的。连父亲都诧异万分，说小七子还真有能耐，把这样的姑娘都弄到了手。这是有七哥以来父亲夸奖他的

第一句话。女孩教英语，外语学院毕业的。女孩的父亲是大学里的教授。儒雅之家使得女孩天生一股娴静悠然落落大方的风度。这气质使七哥大为倾倒。七哥同她恋爱了两年，便将自己也熏染得如教授之子般温文尔雅。七哥已经同他的女朋友一起商量买家具的事了。但因学校里一直没有房子，买家具和结婚的事就搁了下来。按照工龄和级别，七哥还得等上三年才能有个小小的单间。这怨不了谁。学校里的老教师也不过如此居所，更何况小字辈。七哥几乎快没了耐心。

暑假里，七哥出了一趟差，到上海去观摩学习了二十天。回来时船逆流而行，时间极枯燥难熬。七哥认识了他的上铺，一个眼角已叠起鱼尾纹的女士。女士穿着很时髦，谈吐不凡，与七哥的女朋友比又有另外一番大家气派。三天的路程，七哥同她很聊得来。下船时，她给七哥留了地址和她家的电话号码。七哥看着她写下"水果湖"几字就知道他遇上的不是一个普通人家的女性，及至她写下电话号码时，七哥心里猛然划过一道闪电。这电光刺得他的心有些隐隐作痛，而痛过之后蓦地生出许多的兴奋。七哥含笑说去你那里玩儿欢迎吗？女士说大门永向有识之士敞开。

三天后，七哥给女士打了一个电话。她说她一直在等七哥电话。七哥的心陡地动了一动。于是七哥开始约她散步或吃饭，她也约七哥看内部电影或看演出。

七哥已经知道了她的父亲是何许人物。她比七哥大八岁，是老三届的学生。她父亲倒霉时她下了乡。她为了赎罪拼命地干活，结果她得了病。她丧失了生育能力。那是一次暴风雨的日子，她不顾月经来临而坚持上大堤抢险。在堤坝有裂缝时她像男人一样跳进水里同大家手挽手地阻止了洪水的冲击。最后她昏倒在大浪里,人们将她拖出来后她住了一个月的医院。出院时医生告诉了她这个对于女人来说最不幸的消息。她当时二十二岁,还没想过找男朋友的事,为此对生育问题更不介意。她只是淡淡地笑了笑。随着年龄的增长,这个问题才显得越来越严重。每次结识一个男朋友她都把这个情况诚实地告诉对方。大多人都叹口气终止了同她的交往。她过了三十五岁后,心灵上的创伤已经无法愈合。她想如果四十岁她还是这样孑然一身地生活,那么她就到当年使她丧失她最宝贵东西的大堤上去自杀。就在她把这个问题一遍又一遍地考虑时,她认识了七哥。她愿意同七哥接触的初衷仅仅是像所有女人一样喜欢同外貌漂亮而又显得有知识的男人接触,喜欢同陌生的异性谈自己心里深处的东西。但她万没料到半个月后她遭到七哥猛烈的追求。她在告诉七哥她不能为他生育时七哥连惊异的表示都没有,一如既往地出现在她身边,陪她买东西喝咖啡走亲友,在人烟稀少的地方把手臂揽在她的腰上,偶尔还微笑着在她额上留一个吻。在她的充满女性气息的房间里七哥总是拥抱着她使她气都喘不上来。这种充满热烈之情的拥抱使她感到迷醉,而她的心底却痛苦不堪。在情绪稍稍平静时就有一个声音警钟似的呼叫这个男人感兴趣的不是你而是你的父亲。她想摆脱这个警钟而这声音却响得愈加频繁。

　　有一天她终于忍不住了。她问七哥:"如果我父亲是像你父亲一样的人,你会这样追求我吗?"七哥淡淡一笑,说:"何必问这么愚蠢的问题呢?"她说:"我知道你的动机、你的野心。"七哥冷静地直视她几秒,然后说:"如果你还是一个完整的女人,你会接受我这样家庭这样地位的人的爱情吗?"她低下了头。

几天后，七哥把她带到了河南棚子，带到了七哥的家。七哥掀开床板指着那潮湿幽暗的地方告诉她他曾在那儿睡到他下乡的前一日。七哥搬开新添的沙发用脚圈出一块地盘说那是他的五个哥哥睡觉的地方。七哥说他的大哥因为没有地方住便成年累月上夜班。

屋里除了多出一架长沙发和小方桌上的一台黑白电视机外，一切都还是老样子。小屋的窗子因搭厨房而封死了，为此只剩得屋顶上嵌着的那片玻璃瓦。屋里全部的光线都是由那儿透入。墙壁还是当年的报纸糊的，泛黄的纸上还展示着昔日那些极有趣的文章。七哥说："你如果在这样的地方生活过一年，你就明白我所做的一切是多么重要。我选择你的确有百分之八十是因为你父亲的权力。而那百分之二十是为了你的诚实和善良。我需要通过你父亲这座桥梁来到达我的目的地。"七哥说："我还可以告诉你在我认识你之前我有过一个女朋友。她父亲是个大学教授。我同她的关系已经很深了。我在几乎快打结婚证时碰到了你。你和你父亲比她和她父亲对我来说重要得多。"七哥说在中国教授这玩意儿毫不值钱，他对我就像这些过时的报纸一样毫无帮助，所以我很果断地同原先那个女友分了手。我是带着百倍的信心和勇气走向你的，我一定要得到。七哥的话语言之凿凿掷地作金石声。她惊愕得使那张青春已逝的脸如被人扭了一般，歪斜得可怖。她跨了一步给了七哥一个响亮的耳光然后抽身逃走。

七哥淡淡地笑了笑没说什么。七哥怀着无限的自信等待她的回心转意。七哥知道她需要他比他需要她更为强烈。有人写了一部小说《悲剧比没有剧好》。七哥没看过那小说但他觉得那题目起得棒极了。有魔鬼比什么都没有要好。七哥想她最终会得出这么个结论的。

七哥的判断像诸葛亮一样准确无误。三天刚过,她红肿着眼泡来找七哥了。她没有别的男人可找。她只有七哥。况且七哥的确还不是个很差的角色。她对七哥说她是一时冲动,没能从七哥的角度去理解七哥。她请求七哥谅解。七哥一言未发,只是上前吻了吻她。她激动得热泪盈盈。七哥固然利用她达到自己的目的,而她也一样地利用七哥去获得全新的生活。七哥当天就把她所渴望的给了她。那种生命最彻底的快感使她衰败下去的容颜又焕发出光彩。当她神采奕奕出现在她的朋友们的面前时,人们几乎没法将她同昔日的形象相比。这是七哥为她创造的青春。由此她对七哥更是死心塌地和严加看管。

其实七哥全然不是寻花问柳之辈。七哥全部的心思不在那上面。如果认识不到这一点那就实在小看了七哥。七哥觉得把情欲看得很重是低能动物的水平。七哥不属于这些。七哥的目的在于进入上层社会,做叱咤风云的人物,做世界瞩目的人物,做一呼百应的人物。七哥想将他的穷根全部斩断埋葬,让命运完整地翻一个身。七哥想拯救自己。他觉得他有责任使自己像别人一样过上极美好的日子,否则他会因为感到世界亏待了他而死后阴魂不散。

七哥调到了团省委。这是七哥提出的去处。七哥看过一张统计表,那上面记有中华人民共和国成立以来历届团干离任后的情况。七哥记不得他们各自都干了些什么具体职业。但他唯一的印象是:从那扇门出来的人几乎全部升上了高处而且还在继续上升着。那些相当级别的职位一个挨一个排列着如一条冰凉的蛇从七哥心头爬过。七哥打了个寒战然后欣喜若狂。七哥知道他已经找到了他的终南捷径。

七哥分到了很宽敞的房子。在他原先的学校拥有三十年教龄的老师也没资格住上七哥现在的这房子。七哥的房子布置得像宫殿，落地的双层窗帘，先锋的组合音响，遥控的彩色电视机还有松软宽大的席梦思。七哥结婚前夕，父亲和母亲相携着去过一次。父亲坚持说那床一定要睡坏骨头的，而母亲则生气地说那窗帘浪费了好几件褂子的衣料。

七哥的蜜月是在广州和深圳度过的。七哥住在深圳湾大酒店的那几夜几乎夜夜都失眠。他的全身如火灼一般难受而又如火灼一般兴奋。他在他的妻子睡着之后还忍不住一次次把脸埋进她的胸脯里。七哥对她感激涕零。七哥有一种预感，那就是她给他带来的幸运，很可能在某一个日子超出他的想象。

那一段日子七哥纵情享受恣意欢笑如入天堂之门，却有另一个女孩子把眼泪哭干了把嘴唇咬破了。她的老父老母只能咬牙切齿地痛骂几句"小人"之类无伤大雅的话，然后陪着伤心欲绝的女儿长长地叹气。

十二

五哥辞职干个体户时并不知道六哥也辞职干个体户了。他俩碰面时是在轮船上。五哥进餐厅吃晚饭时看见了正在端菜的六哥，五哥惊叫了一声以致六哥手一滑菜盘掉在了地上。他俩相视片刻哈哈大笑了。五哥到南京去订购一批汗衫而六哥则去南通进棉纱长袜等货。

五哥和六哥是一对双胞胎。他俩的心似乎是相通的。五哥想到的东西六哥也能想到。五哥感冒六哥百分之百也要伤风流鼻涕。最奇特的是小学时一次语文考试，三个造句，他俩造得完全一样而实际上他俩的座位却隔得很远。五哥六哥自小是一对坏种,打架骂人偷盗玩女孩无恶不作。直到各自娶了老婆添了儿子才走上正轨,像模像样地过开了日子。

五哥第一次带女朋友到家里来时,父亲和母亲正在吵架。那是因为母亲买回来的酒是兑过水的,父亲一怒之下连酒壶都扔到了铁路上。恰巧一列火车过,酒壶碾成了薄铁皮。于是母亲便横着嗓子同父亲吵开了。五哥的女朋友如同巡视大员般,毫不把父亲和母亲放在眼里,只傲慢地将屋子环视一遍,说:"就这屁点破屋?"五哥未曾来得及答话,父亲却撇开母亲朝这边吼开了。父亲说:"嫌老子屋破,这里还没你的地盘呢。"那女朋友也不示弱:"这老家伙吃错了药,怎么见什么人就吼什么人?"说罢扬长而去,气得五哥跳起来对父亲乱叫了一通便又噔噔噔地去追赶那女朋友。父亲发了一会儿呆,摇摇头说:"日月颠倒了,颠倒了。"然后自己找了个空瓶,长吁短叹地打酒去了。

结果是,五哥的女朋友再也不肯来家了,五哥只好做了上门女婿。五哥的女朋友是汉正街的。六哥常陪五哥去那里,于是六哥也找了个汉正街的姑娘。六哥知趣,不敢带女朋友回家,主动对父亲说想要倒插门。父亲大手一挥:"去去去,少废话。你俩反正是一对。"六哥如获大赦,轻松地告别了这个家,住进了老婆屋里。五哥和六哥几乎同时(只差三天哪)各得一子,肥墩墩的,让岳父岳母们欢天喜地。五哥六哥当女婿比当儿子舒服多了,渐渐地不太记得河南棚子的老父老母。

汉正街自古便是商贾云集之处。以谦祥益商店为中心,上至武圣路下至集家嘴,沿街经商的个体户而今已达两千多户。长街小摊,百货纷呈。五哥问清楚几乎有一千家已经成了万元户,立即心慌意乱头脑混沌了。五哥是建筑队的泥瓦工，工资不算低。即便不低，细细想来辛辛苦苦一个月还不及个体户一天赚的钱多。五哥觉得自己活得窝囊，他得赚大钱过富日子才不枉做人一遭。五哥连同老婆商量一下的情绪都没有，当天便打了辞职报告。六哥只比五哥早一天。六哥的邻居仅从一百五十元的资金起家，不到一年已成万元富户。这变化是六哥亲眼所见，六哥眼珠都快突出来了，他想了一夜，辞去了运输公司汽车修理工的职务。

五哥订购的汗衫原本就是积压货。五哥订了一万件却只销出了一千五。钱周转不了，五嫂夜夜指着五哥的鼻尖骂祖宗。五哥怕老婆，五哥在这一点上完全不像父亲。连日里五哥东奔西跑得下巴都尖了，汗衫还是积压着。

那天五嫂又砸杯子扔碗地骂祖宗了，五哥只好溜之乎也。五哥信步溜达到航空路，航空路到商场一带是"飞虎队"的地盘。"飞虎队"是市民给那些流动小贩的绰号。"飞虎队"的小贩子拉起生意来可以说是死皮赖脸。抬高价短斤两是他们的拿手好戏。圈套也做得像真的。五哥看见几个女子围着一个小贩高声议论羊毛衫的价格。五哥一眼看出他们都是一伙的，假卖假买地哄来一些真正的顾客。一个红衣女子的眉眼不断地向路人扫来扫去。她看到了五哥，就叫了声："哎呀，这羊毛衫要是让这个男的穿上简直可以成为三镇第一美男子。"五哥笑了笑，走过去问小贩："多少钱一件？"小贩说："看你穿着肯定合适，我心里高兴，就便宜点卖给你，二十六吧，别人我都是卖三十呢。"五哥用手捏了捏，深知毛线中腈纶多于羊毛，便又笑笑说："出厂价，十六块，这我清楚。"然后意味深长地丢下一声笑，甩手而去。他听见小贩和几个女子冲着他的背脊骂骂咧咧的声音。五哥从来都不是好惹的家伙。五哥在家以外的地盘上还从来没输过。这回自然也是。五哥心里暗笑一下，拐到一个稍清静的地方，然后放开嗓子爆喊一声："工商局的人来了！"

这声喊宛如扔下一枚炸弹。五哥的眼前炸窝了。抢收衣服的，逃窜的，装作顾客若无其事地混杂入人群的，互相叮咛的，应有尽有，丑态万千。一会儿，"飞虎队"无踪无影，只丢些空纸盒在路上。五哥看得有趣，不由得倚在墙根下捧腹大笑。待五哥笑得上气难接下气时，他的肩膀被一只手拍了一下。五哥回过头，认出了是红衣女子。五哥一笑，说："怎么不跑？"红衣女子冷冷地说："想看看你还有几手。"五哥说："闹着玩玩，何必当真。"红衣女子说："闹着玩也得看地方看人。"五哥呵呵一笑："你们拉客过后又骂人也没有看人看地方啊。"红衣女子打量了一下五哥，说："你还像个人物哇。"五哥说："当然。河南棚子的儿子汉正街的女婿，堂堂正正是个人物。"红衣女子说："汉正街的？万元户？"五哥说："万元户还得过两年。"红衣女子说："这么说是同行了？何必拿一路人开心，不都是端这个饭碗的？"五哥说："那我就道声对不起了。要不要去云鹤酒楼压惊？"红衣女子说："哥们儿还痛快，去就去。"

五哥同红衣女子一道上了三楼。红衣女子拿起菜谱就点。心狠手辣地完全不顾及五哥腰里并没带几块钱。烧甲鱼炖海参炒虾米白斩鸡外带一碗三鲜汤和四瓶青岛啤酒，点得五哥暗叫苦也。

红衣女子问五哥生意做得如何。五哥灌几口啤酒长叹一口气说正在倒霉。红衣女子问缘故。五哥便如实说了汗衫的滞销。红衣女子说："再不好销的东西，只要想好了办法，总是能赚到钱的。"五哥说："有什么好点子？"红衣女子说："就这么白给你出？"五哥说："当然给好处。"红衣女子说："怎么讲？"五哥伸出右手："五十张。"红衣女子说："半千还算钱？如果让你一件汗衫赚一块钱，那你得了多少？给我了多少？简直小气得不像男人。"五哥说："要不给你一千？"红衣女子说："说良心话，这我还不一定要呢。做生意眼光要放长远一点。"五哥默然不语，见啤酒已尽，说："我再去要两罐啤酒来。"五哥在服务台拿了啤酒刚转身欲回饭桌，见红衣女子正背对服务台，不禁心头一喜，将啤酒装进裤兜里，自言自语："再去买两盘冷菜。"便悠悠然地下了楼。五哥下了楼便直奔一路汽车站，一口气坐到了六渡桥，打着饱嗝到朋友家推了一夜麻将，第二日凌晨才摇摇晃晃地回到了家。

五嫂开门第一件事便是送给了五哥几耳光。五哥不动气，慢慢说："跟你讲件滑稽事。"便添油加醋地将昨日白吃一顿的事细细讲述了一遍。五嫂不由得笑得倒在了床上，大骂女人的愚蠢和男人的狡猾，骂声中不禁为这男人是自己的丈夫而感到自豪起来。五哥这时则歪在沙发上呼呼地大睡开了。

一清早六哥大汗淋漓奔来时五哥还没起来。六哥将五哥打起，愤怒地叫道："今天无论如何帮兄弟一把。"五哥忙问什么事。六哥说："我一早刚把摊子摆出去，一个女的带了几个人，二话不说砸了我的摊子。他们人多，我又不敢对抗。临了，那女的丢下这件汗衫说一千块准备好，我到时来取。"五哥跳起来抓过汗衫细细查看。汗衫的胸前用圆珠笔勾勒了一个霍元甲打拳的形象。五哥心头豁然一亮，眉头舒展，连声叫："妙极了妙极了。"倒将六哥弄得莫名其妙。五哥方将昨日之事一五一十说了一遍，拍着胸脯对六哥说："你今天的损失我负责加倍赔你。绝不放空屁。"

五哥将他积压的近万件汗衫五千件印上了霍元甲三千件印上了陈真。电视连续剧刚放过不久，人们对这二人印象颇深。五哥拿出二十件送给玩武术的小伙子，不到三天，五哥的摊前购者如云。五哥暗暗又抬了三次价，汗衫依然畅销。五哥发了财，五嫂每日见五哥都眉开眼笑，又端茶又打扇还撒娇般地在五哥面前扭来扭去。五哥脑子里却抹不掉那红衣女子的模样，但是那女人却一直没有出现。

三个月后，五哥从广州回来，刚出汉口火车站，一个女人朝他嫣然一笑。蓦然他认出那是红衣女子。只不过红衣被一件橄榄绿的棒针衫所代替。五哥立即向她迎去。红衣女子说："怎么，还认识？"五哥说："恩人嘛，当然不敢忘。"红衣女子说："我家在这附近，要不要去坐坐？"五哥说："当然想，只要你瞧得起。"红衣女子笑道："你一表人才又聪明又能干，我巴结都来不及呢。"五哥说："我唯一佩服的女人就是你。"红衣女子眼一斜说："是吗？"五哥被那一眼望得心乱了。五哥觉得这女人同他老婆比简直像仙女同讨饭婆相比一样。五哥想要是能同这女人享受一场那么他也就宛若神仙了。五哥说："你家里……还有谁？"红衣女子说："就我一个。我丈夫到深圳去了。"五哥说："我刚从南边回。我提前了两天，我老婆还当我是后天到呢。"红衣女子笑了笑。五哥趁机把手放在了她的腰上。

五哥跟着她拐弯抹角。五哥满心欢喜，他几乎是怀着甜蜜的感情打量他身边这个女人的一切，眼睛眉毛嘴唇以及胸脯。五哥都有点按捺不住了。

五哥刚跟红衣女子走进家门,后脚便跟进几个彪形大汉。五哥觉出有些不对,忙堆起笑,说:"上次你帮了大忙,我准备了两千块钱酬劳你。"红衣女子冷笑一声:"我说一千就只要一千。钱我已经从你兄弟那儿取来了。不过事情还不那么简单。"五哥出汗了,说:"还有什么,尽管说,尽管说。"红衣女子说:"你姑奶奶不是随便让人耍的。冒充工商局的,是耍第一次;在云鹤酒楼一拍屁股开溜是耍第二次;今日一路不怀好意是耍第三次。我明白告诉你,我今天只想叫人揍你一顿,叫你记清楚闹着玩玩得看人看地方。"

五哥无言以对。五哥自然也不会轻易讨饶。五哥毕竟是父亲的儿子。父亲说过做男人就是把刀架在脖子上也要硬着筋骨。五哥此刻便硬着了筋骨。五哥见几条大汉脱下了衣服,每人都露一件由他摊上卖出去的印有霍元甲的汗衫,不由得心一沉。突然,五哥说:"朋友,我讲几句话。"红衣女子说:"有屁快放。"五哥说:"我们是一报还一报,所以今天这顿打我认了。打伤了我看病,打残了我躺床,打死了我不怪。不过这笔账了结后,我们井水不犯河水,不必死结冤家。生意兴旺靠朋友,互相拆台栽跟头。"红衣女子说:"你还是条汉子。你放心,你死不了残不了,血还是要放一点的。拆台的事我不做,其他的人我不保证。"

红衣女子说罢出了门。五哥立即被拳脚包围了。很快五哥便人事不知地瘫倒在地。五哥醒的时候,天已黑了。屋里亮着灯。红衣女子正哗啦哗啦地滑动着编织机织毛衣。五哥艰难地站起来,一言不发,向门外走去。五哥快要跨出大门,忽飘来那女子软软的声音:"代我跟你兄弟道个歉,说那天我认错了人。"

五哥回家时叫了出租车。一家人见他血淋淋的模样都惊呼大叫。五哥没敢说也没脸皮说挨打之故，只说在汽车上同流氓争吵结果动起手来。五哥躺了整一星期。父亲闻知后，鼻子一嗤说五哥是笨蛋加癞皮狗一个。笨在居然能被人打到这种地步，癞在居然还大大方方地躺上七天。父亲委实感叹一代不如一代。

一切都恍如梦般。五哥伤好之后生意照常做了下去。五哥担心还会有人前来挑衅，结果，一连几个月都相安无事。五哥不由得从心底服了那女子。他曾到处打听过红衣女子的下落。五哥想同她交个朋友。可惜五哥至今仍未打听到。

五哥现已是汉正街万元户之一了。六哥自然也不例外。汉正街的万元户说起来只千来户人家而其实远远不止。潜伏在地底下的万元户们至少也有几百。五哥和六哥这种人，发富之后学会的第一桩事便是赌钱。起先是麻将，后来嫌麻将太磨人也太费脑子，便掷骰子。有人读过金庸的小说《鹿鼎记》，知道那里面有个善赌的韦小宝，便在摇骰子时爆喊一声："韦小宝来啦！"五哥六哥均不知韦小宝为何物，但每次轮到他们掷时，也长长地吆喝："韦小宝哇！"

偶尔五哥回河南棚子看看父亲母亲时，见父亲端端地坐在小凳上与一帮老朽以一毛两毛钱这样的数目打牌，脸红脖子粗地叫喊这个是臭牌那个是霉星，便也如父亲嗤他一样对父亲嗤一鼻子。五哥说他们现在下赌注根本不数钞票的张数。父亲不服便傲然问道那怎么算账？五哥说把钱摞起来用尺量厚薄。五哥说我下得最凶的一次赌注是十厘米。父亲说十厘米有多少？难道比一百块还多？五哥说压紧一点也就差不多一千块。父亲呸地朝五哥吐了一口浓痰，怒道："吹牛找你孙子去，莫找你老子。"五哥大骂着父亲混蛋透顶而去。而同父亲一起的牌友们直到五哥走得没影儿了惊愕的面孔还没复原。

这回父亲怀疑五哥和六哥是不是他的儿子了。

十三

七哥瞧不起五哥和六哥到了极点。七哥常在肚子里用最恶毒最尖刻的话骂五哥和六哥。童年时代五哥和六哥给七哥的伤害令七哥永生难忘。但七哥在组织个体户们座谈时却每一次都以自豪的口吻提到他有两个哥哥都是个体户。七哥说他对他的这两个哥哥极其敬重，因为他们全靠自己的勤劳和智慧创造自己的生活。七哥鼓励个体户青年不要自卑要自信，要认识到自己这个职业的高尚和伟大。七哥还诙谐地说我们这些搞政治工作的人只能靠嘴皮吃饭，别的什么本事都没有，假如有一天我干腻了这一行就辞职去干个体户。七哥说起码可以到深圳广州跑几趟，而这两处他还没去过呢。七哥的话让那些常往南边跑的个体户都笑了起来。个体户们纷纷称赞七哥说这个人难得，便将七哥视为知音。而实际上他们都不知道七哥度蜜月在深圳住了二十天。

元旦时，七哥回了一趟家。恰恰五哥六哥也携子来家了。五哥六哥自小就没把七哥放在眼里，到现在依然是。他们完全不顾七哥是广大个体户的知音这一事实。五哥和六哥你一言我一语大声讥刺七哥费心思往上爬不如费心思赚点钱，然后故意把儿子的胖脸亲得叭叭地响。那响声在七哥的心上像是锤子砸下一样，一锤一锤地让他痛苦。

父亲对七嫂极不满意。父亲想这女人大概有妖术，要不凭她那年龄和不能生儿子这罪该万死的毛病怎么能把七哥给勾引上呢？父亲想没有男人愿意讨一个不会生孩子的女人。而女人生不下孩子，父亲想，那还有什么用？父亲说不孝有三无后为大。父亲说现如今又不能讨小，看小七子你今后怎么办。父亲说不如把你那个休掉，再找个年轻漂亮的。七哥说瞎吵什么，你懂什么。七哥一句话噎得父亲说不上来了。父亲在七哥面前显得很谦卑。父亲常想着七哥是省里头的人。

元旦刚过几天，父亲突然颠颠赶到武昌来找到七哥。父亲说大香和小香都要请七哥吃饭，叙叙姐弟之情。七哥听得大吃一惊，那惊愕的程度不亚于听说里根总统请他赴宴。片刻，七哥冷笑一声："黄鼠狼给鸡拜年，哪有好心。"父亲说："她们当不了黄鼠狼，你也不是鸡。"七哥说："我从来都只当没有姐姐的。"父亲说："你们都是我养的，都是从你妈一个人肚子里钻出来的，有没有姐姐由不得你。"七哥又是一声冷笑。七嫂说既然请，那就去吧。何况父亲又老远跑来了。七哥听七嫂的，便淡淡地回父亲说："请就请。有吃的何乐而不为？"

小香姐姐住在黄孝河边。小香姐姐当年嫁的那个黑胡子男人是个无业游民。小香姐姐跟他结婚三个半月后生了一个女孩，那黑胡子要的是男孩而小香姐姐却没能办到。小香姐姐在七哥面前可以为所欲为地打骂撕咬，却不能将她的丈夫奈何下去。没等女孩满两岁，黑胡子假称回老家将小香卖到了河南。河南乡下的日子清苦，这使小香一次又一次地逃跑，终于三年后跑了回来，到家里怀里又抱着一个男孩。那天母亲几乎以为她是个讨饭的，直到小香姐姐凄苦地喊了声妈妈，母亲才认出这是她的小女儿。

小香姐姐一年不到又结了婚。没有男人小香姐姐是活不下去的，甚至只有一个男人她也依然觉得日子难熬。小香姐姐为这回的丈夫生了一个儿子。小香的丈夫是菜农，因为妻子生了一个女孩而一怒之下与之离婚。这回小香称了他的心愿，便万事由着小香姐姐。儿子已经有了，老婆的意义就不大了。逗儿子逗得高兴时，即令小香领了情人来家调情他也无所谓。他抱着儿子给小香做菜还殷勤地问客人味道如何。

小香姐姐有了一女二子。河南带回的那个连户口都没有。小香姐姐想起了七哥。

几乎同时，大香姐姐也想七哥了。大香结婚甚早。大香有三个小老虎似的儿子。小的也都初中毕业了，而大的业已开始了待业。大香姐姐十八岁就结了婚，大香姐姐丈夫是木匠。木匠比大香大十岁。大香姐姐小日子过得十分富足。大香常常在休假之日坐在门口晒太阳，嗑着瓜子同一帮老娘儿们扯三拉四地聊天。星期天则提一点吃的或酒回河南棚子看望父母亲，大香姐姐住在三眼桥，这也是汉口下层人历来所居之地。

父亲告诉大香和小香，说是七哥答应去她们那里吃饭。大香说那就先去我那儿吧。小香说不不不，先去我那儿。大香说你那破地方，七弟怎么能踏得进脚。小香说你不要什么都想得到手，你的日子过得够好的了。大香说就是日子过得好了，才要多为子孙后代想。小香说我则是一心为七弟着想。大香说你心肠好，怎么小时候不为七弟想？小香说你比七弟大那么多却从不照顾他。大香姐姐和小香姐姐争吵得互相骂了祖宗，倒没想起她俩是同一个祖宗下的儿女。

父亲说吵个什么名堂，就在我这儿吧。你们俩一起做东，打点好酒来，老子陪小七子喝酒，你俩有什么屁就在饭桌上放。父亲的话令两个女儿皆大欢喜。

七哥那天进门时见到大香姐姐和小香姐姐的笑容几乎当场

呕吐。火车依旧哐啷哐啷地从门前开过，震得房子微微颤动。小桌放在了屋中央。桌面上加了一层圆桌面。扩大了的桌面上已摆上了香肠卤牛肉花生米之类冷盘。酒是黄鹤楼牌的。父亲眯着眼边闻边咂着嘴。桌上倒了三杯酒。父亲把大哥也叫来了。七哥父亲大哥，三个男人围桌坐下。而所有的女人——母亲大香小香——都在他们身边忙碌，谦卑地问七哥菜如何酒如何。七哥不知道到底为了什么事。他只觉得自己仿佛在一个陌生人家里做客。

父亲在三杯酒下肚后，舌头便又润滑了起来。父亲说："小七子你这辈子不能光你两口子过。"七哥说："您这是什么意思？"父亲说："得有儿子。要不你费老命奔的前途有谁能接着走下去？"大哥说："小七子，爸爸的话说得对。你的社会地位再高，你一死百事全了。还是得有儿子继承才是。"七哥没言语。他觉得父亲和大哥的话倒是不错。七哥想自己把自己的命运彻底地翻了个面，可又怎么样呢？没有儿孙为自己的这番奋斗自豪，亦没有儿孙能享受到自己的成果，这岂不是有些枉然？父亲说："小七子，你可以过继一个儿子。"小香姐姐立即说："我的老二，你晓得的，身体又结实，长相也不错。为了弟弟到老有依靠，我豁出去把他交给你了。"七哥吃了一惊："你儿子？"小香姐姐夹了一只鸡腿给七哥，说："是呀，那是个好小子。"大香姐姐说："小七子别听她的。那小子是她跟河南乡下农民养的，蠢头蠢脑。我那个老三，一表人才，年龄虽大了点，不过，过继给你也还合适。"七哥又一惊："你说三毛？"大香姐姐说："是呀，三毛常说他最佩服的人就是他七舅呢。"小香姐姐说："三毛十五岁了怎么合适？"大香姐姐说："那也比杂种要好哇。"大香姐姐和小香姐姐又一顿好吵。七哥心烦意乱毫无吃兴,一桌酒菜便如毒药般让他汗毛耸起。七哥站起来,对父亲和大哥说:"我不吃了。"父亲喝息了大香和小香的战火对七哥说:"再坐坐,你不陪你老子也陪陪你大哥。"大哥说:"七弟要走就让他走。不过话还是得跟你说明白。你小时在家里受够了苦,这我清楚。吃得苦中苦,方为人上人。现如今你出息了,再出息的人也得有子嗣。大香和小香的儿子是你的外甥。你们血缘亲近。你过继哪一个可以挑,但最好还是要过继有血缘关系的。否则,我们家不承认那个孙子。"七哥说:"我得想想。"七哥一出家门,大香姐姐和小香姐姐的声音便在身后炸起。走了老远,还能听到她俩尖锐的叫喊。这一切使七哥恍若又回到了他过去的日子。七哥恐惧地加快了脚步,而心底里却一会儿一个寒战。七哥终于忍不住了。他扶着一棵树,勾下头将适才的饭菜呕吐一尽。他想将心底的恐惧和寒气一起呕出去。吐完,七哥望着灰蒙蒙的天空,想:家里过去又在什么时候承认过我这个儿子呢?

三天后七哥回家了一趟。七哥告诉父亲,他已到孤儿院领了一个小男孩。那孩子刚一岁。七哥说:"不管你们承认不承认他是你们的孙子,但我得说,他是我的儿子!"七哥说完扬长而去。七哥的行为叫父亲目瞪口呆。父亲想骂人而终未骂出。父亲不敢骂七哥。父亲心里的七哥是政府的儿子而不是他的。

十四

河南棚子盖起了好些新房子。那些陈旧的板壁屋便如衣衫褴褛的童养媳夹杂在青枝绿叶般的新娘子之间。据说新火车站要修到建设大道的方向去。教堂般的汉口火车站从此结束它的使命。

穿越城市的铁路要改为高质量的公路。公路两边的破旧房屋全部拆除，重新盖起高楼大厦。

邻居们都欢呼雀跃，纷纷盘算旧屋该折价多少，如何向政府讨价还价多分几套房子。只有父亲愁眉不展。父亲说没火车叫他是睡不着觉的。父亲说住楼房沾不到地气人要短寿。父亲说小八子怎么办？那几日父亲常坐在窗口下唠唠叨叨地说："我只有一个小八子还留在身边。"

我知道我再也不可能和父亲母亲在一起了。二十多个幸福的岁月，我享受到了无比无比多而热烈的亲情之爱。那温暖的土层包裹着我弱小的身躯。开放在这热土之上的一串红火一般的艳丽。火车雄壮地隆隆而过，那播撒的光芒雪亮地照耀父亲的小屋，很难想象没有父亲这小屋世界会是什么样子。

父亲把我挖出的那天是个大晴天。太阳刺眼地照射着大地。父亲叫来了三哥。三哥将小木盒置入一个大纸盒里，然后用绳子捆绑好。三哥说："我把他埋在二哥旁边吧，有个伴儿。"三哥把纸盒架在自行车后，左脚一蹬，右脚飞越过纸盒踩上踏板。三哥的车铃丁零按响的时候，父亲和母亲，相拥着望着我们远去。他们像一对恩爱的老夫妻慈善着面孔望了很远很远，然后一起颓然地坐在门槛上。这一天我才发现，父亲和母亲已经非常苍老非常憔悴非常软弱了。

三哥将我埋在二哥身边，然后抚着二哥的墓碑，阴着面孔长舒了一口气。直到天黑三哥才缓缓地向山下走去。他的脚步是那么沉重和孤独，一声声敲打着地心，仿佛告诉这山头所有的朋友，他累极了。

星星出来了。灿烂的夜空没能化解这山头上的静谧。月亮桀然地洒下它的光，普照着我们这永远平和安宁的国土。

　　我想起七哥的话。七哥说生命如同树叶。所有的生长都是为了死亡。殊路却是同归。七哥说谁是好人谁是坏人直到死都是无法判清的。七哥说你把这个世界连同它本身都看透了之后你才会弄清你该有个什么样的活法。我将七哥的话品味了很久很久，但我仍然没有悟出他到底看透了什么到底做怎样的判断到底是选择生长还是死亡。我想七哥毕竟还幼稚且浅薄得像每一个活着的人。

　　而我和七哥不一样。我什么都不说。我只是冷静而恒久地去看山下那变幻无穷的最美丽的风景。

《当代作家》1987年第5期

塔　铺

刘震云

一

　　九年前，我从部队复员，回到了家。用爹的话讲，在外四年，白混了：既没入党，也没提干，除了腮帮上钻出些密麻的胡子，和走时没啥两样。可话说回来，家里也没啥大变化。只有两个弟弟突然蹿得跟我一般高，满脸粉刺，浑身充满儿马的气息。夜里睡觉，爹房里传来叹气声。三个五尺高的儿子，一下子都到了向他要媳妇的年龄，是够他喝一壶的。那是一九七八年，社会上刚兴高考的第二年，我便想去碰碰运气。爹不同意，说："兵没当好，学就能考上了？再说……"再说到镇上的中学复习功课，得先交一百元复习费。娘却支持我的想法："要是万一——……"

　　爹问："你来时带了多少复员费？"

　　我答："一百五。"

　　爹朝门框上啐了一口浓痰："随你折腾去吧。就你那钱，家里也不要你的,也不给你添。考上了,是你的福气;考不上,也省得落你的埋怨。"

就这样,我来到镇上中学,进了复习班,准备考大学。

复习班,是学校专门为社会上大龄青年考大学办的。进复习班一看,许多人都认识,有的还是四年前中学时的同学,经过一番社会的颠沛流离,现在又聚到了一起。同学相见,倒很亲热。只有一小部分年龄小的,是一九七七年应届生没考上,又留下复习的。老师把这些人招呼到一块儿,蹲在操场上开了个短会,看看各人的铺盖卷、馍袋,这个复习班就算成立了。复习班需要一个班长,替大家收收作业、管管纪律什么的,老师的眼睛找到我,说我在部队上当过副班长,便让我干。我忙向老师解释,说在部队干的是饲养班,整天尽喂猪,老师不在意地挥挥手:"凑合了,凑合了……"

接着是分宿舍。男同学一个大房间,女同学一个大房间,还有一个小房间归班长住。由于来复习的人太多,班长的房间也加进去三个人。宿舍分过,大家一齐到旁边生产队的场院上抱麦秸,回来打地铺,铺铺盖卷。男同学宿舍里,为争墙角还吵了架。小房间里,由于我是班长,大家自动把墙角让给了我。到晚上睡觉时,四个人便全熟了。三十多岁的王全,和我曾是中学同学,当年脑筋最笨、功课最差的,现在也不知犯了哪根神经,也来跟着复习。另一个长得挺矮的青年,乳名叫"磨桌"(豫北土话,形容极矮的人),腰里扎一根宽边皮带。还有一个长得挺帅的小伙子,绰号叫"耗子"。

大家钻了被窝,由于新聚到一起,都兴奋得睡不着,于是谈各人复习的动机。王全说,他本不想来凑热闹,都有老婆的人了,还拉扯着俩孩子,上个什么学?可看到地方上风气恁坏,便想来复习,将来一旦考中,当个州府县官啥的,也来治治这些人。"磨桌"说,他不想当官,只是不想割麦子,毒日头底下割来割去,把人整个贼死!小白脸"耗子"手捧一本什么卷毛脏书,凑着铺头的煤油灯看,告诉我们,他是干部子弟(父亲在公社当民政),喜爱文学,不喜欢数理化,本不愿来复习,是父亲逼来的。不过来也好,他追的一个小姑娘悦悦(就是今天操场上最漂亮、辫子上扎蝴蝶结的那个),也来复习,他也跟着来了,这大半年时间,学考上考不上另说,恋爱可一定要谈成!最后轮到我,我说,假如我像王全那样有了老婆,我不来复习;假如我像"耗子"那样正和一个姑娘谈恋爱,也不来复习;正是一无所有,才来复习。

说完这些话,大家做了总结:还数王全的动机高尚,接着便睡了。临入梦又说,醒来便是新生活的开始啦。

二

这所中学的所在镇叫塔铺。镇名的由来,是因为镇后村西土坛上,竖着一座歪歪扭扭的砖塔。塔有七层,无顶,说是一位神仙云游至此,无意间袖子拂着塔顶拂掉了。站在无顶的塔头上看四方,倒也别有一番情趣。可惜大家都没这心思。学校在塔下边,无院墙,紧靠西边就是玉米地,玉米地西边是条小河。许多男生半夜起来解手,就对着庄稼乱滋。

开学头一天,上语文课。当当一阵钟响,教室安静下来。同桌的"耗子"捣捣我的胳膊,指出哪位是他的女朋友悦悦。悦悦坐在第二排,辫子上扎着蝴蝶结,小脸红扑扑的,果然漂亮。

"耗子"又让我想法把他和女朋友调到一张桌子上,我点点头。这时老师走上讲台。老师叫马中,四十多岁,胡瓜脸,大家都知道他,出名的小心眼,爱挖苦人。他走上讲台,没有说话,先用两分钟时间仔细打量台下每一位同学。当看到前排坐的是去年没考上的应届生,又留下复习,便点着胡瓜脸,不阴不阳、不冷不热地一笑,道:"好,好,又来了,又坐在了这里。列位去年没考中,照顾了我今年的饭碗,以后还望列位多多关照。"

接着双手抱拳,向四方举了举,让人哭笑不得。虽然挖苦的是那帮小弟兄,我们全体都跟着倒霉。接着仍不讲课,让我拿出花名册点名。每点一个名,同学答一声"到",马中点一下头。点完名,马中做了总结:"名字起得都不错。"然后才开讲,在黑板上写下三个字:"黔之驴。"这时"耗子"逞能,自恃文学功底好,想露一鼻子,大声念道:"今之驴。"下边一阵哄笑。我看到悦悦红了脸,知道他们是在恋爱。这时王全又提意见,说没有课本,没有复习资料。马中发了火:"那你们带没带奶妈?"教室才安静下来,让马中拖着长音讲"有好事者船载以入"。课讲到虎驴相斗,教室后边传来鼾声。马中又不讲了,循声寻人。大家的眼睛都跟着他的目光走,发现是坐在后边的"磨桌"伏在水泥板上睡着了。大家以为马中又要发火,马中却泰然站在"磨桌"跟前,看着他睡。"磨桌"猛然惊醒,像受惊的兔子,瞪着惺忪的红眼睛看着老师,很不好意思。马中弯腰站到他面前,这时竟安慰他:"睡吧,睡吧,好好睡。毛主席说过,课讲得不好,允许学生睡觉。"接着,一挺身,说:"当然,故而,你有睡觉的自由,我也有不讲的自由。我承认,我水平低,配不上列位,我不讲,我不讲还不行吗!"

接着返回讲台，把教案课本夹在胳肢窝下，气冲冲走了。

教室炸了窝。有起哄的，有笑的，有埋怨"磨桌"的。"磨桌"扯着脸解释，他有一个毛病，换一个新地方，得三天睡不着觉，昨天一夜没睡着，就困了。"耗子"说："你穷毛病还不少！"大家又起哄。我站起来维持秩序，没一个人听。

这时我发现，乱哄哄的教室里，唯有一个人没有参加捣乱，趴在水泥板上认真学习。她是个女生，和悦悦同桌，二十一二岁年纪，剪发头，对襟红夹袄，正如入定一般，看着眼前的书，凝神细声诵读课文。我不禁敬佩，满坑蛤蟆叫，就这一个是好学生。

中午吃饭时，"磨桌"情绪很不好，从家中带来的馍袋里掏出一个窝窝头，还没啃完。到了傍晚，竟在宿舍里，扑到地铺上，呜呜哭了起来。我劝他，不听，在旁边伏着身子写什么的"耗子"发了火："你别在这儿号丧好不好，我可正写情书呢！"没想到"磨桌"越发收不住，索性大放悲声，号哭起来。我劝劝没结果，只好走出宿舍，信步走向学校西边的玉米地。出了玉米地，来到河边。

河边落日将尽，一小束水流，被晚霞染得血红，一声不响慢慢淌着。远处河滩上，有一农家姑娘在用筢子收草。我想着自己二十六七年纪了还和这帮孩子厮混，实在没有意思。可想想偌大世界，两拳空空，没有别的出路，只好叹息一声，便往回走。只见那收草姑娘已将一大堆干草收起。仔细一打量，不禁吃了一惊，这姑娘竟是课堂上那独自埋头背书的女同学。我便走过去，打一声招呼。见她五短身材，胖胖的，但脸蛋红中透白，倒也十分耐看。我说她今天课堂表现不错，她不语。又问为什么割草，她脸蛋通红，说家中困难，爹多病，下有二弟一妹，只好割草卖钱，维持学费。我叹息一声，说不容易。她看我一眼，说："现在好多了呢。以前家里更不容易。记得有一年，我才十五，跟爹到焦作拉煤。那是年关，到了焦作，车胎放了炮，等找人修好车，已是半夜。我们父女在路上拉车，听到附近村里人放炮过年，心里才不是滋味。现在又来上学，总得好好用心，才对得起大人……"

听了她的话，我默默点点头，似乎突然明白了许多道理。

晚上回到宿舍，"磨桌"已不再哭，在悄悄整理着什么东西。"耗子"就着煤油灯头，又在看那本卷毛脏书，嘴里哼着小曲，估计情书已经发出。这时王全急急忙忙进来，说到处找我找不见。我问什么事，他说我爹来了，来给我送馍，没等上我，便赶夜路回去了。接着把他铺上的一个馍袋交给我，我打开馍袋一看，里面竟是几个麦面卷子。这卷子，在家里过年才吃。我不禁心头一热，又想起河边那个女同学，问王全那人是谁，王全说他认识，是郭村的，叫李爱莲，家里特穷，爹是个酒鬼；为来复习，和爹吵了三架。我默默点点头。这时"耗子"掺和进来："怎么，班长看上那丫头了？那就赶紧！我这本书是《情书大全》，可以借你看看。干吧，伙计，抓住机会——过这村没这店儿，误了这包子可没这馅儿了……"

我愤怒地将馍袋向他头上砸去："去你的！……"

全宿舍的人都吃了一惊。正在沮丧的"磨桌"也抬起头，瞪圆小眼睛，吃惊地看着我。

三

冬天了。教室四处透风，宿舍四处透风。一天到晚，冷得没个存身的地方。不巧又下了一场雪,雪后结冰,天气更冷,夜里睡觉,半夜常常被冻醒。我们宿舍四人,只好将被子合成两床,两人钻一个被窝,分两头睡,叫"打老腾"。教室无火。晚上每人点一个小油灯,趴在水泥板上复习功课。寒风透过墙缝吹来,众灯头乱晃。一排排同学袖着手缩在灯下,影影绰绰,活像庙里的小鬼。隔窗往外看,那座黑黝黝的秃塔在寒风中抖动,似要马上塌下。班里兴了流感,咳嗽声此起彼伏。前排的两个小弟兄终于病倒,发高烧说胡话,只好退学,由家长领回去。

这时我和李爱莲同桌。那是"耗子"提出要和女朋友悦悦同桌,才这样调换的。见天在一起,我们多了些相互了解。我给她讲当兵,在部队里如何喂猪,她给我讲小时候自己爬榆树,一早晨爬了八棵,采榆钱回家做饭。家里妈挺善良,爹脾气不好,爱喝酒,喝醉酒就打人。妈妈怀孕,他还一脚把她从土坡上踢下去,打了几个滚。

学校伙食极差。同学们家庭都不富裕,从家里带些冷窝窝头,在伙上买块咸菜,买一碗糊糊就着吃。舍得花五分钱买一碗白菜汤,算是改善生活。我们宿舍就"耗子"家富裕些,常送些好饭菜来。但他总是请同桌的女朋友吃,不让我们沾边。偶尔让尝一尝,也只让我和王全尝,不让"磨桌"尝。他和"磨桌"不对劲儿。每到这时,"磨桌"就在一边呆脸,既眼馋,又伤心,很是可怜。自从那次课堂睡觉后,他改邪归正,用功得很,也因此瘦得更加厉害,个头显得更小了。

春天了。柳树吐米芽了。一天晚饭,我在教室吃,李爱莲悄悄推给我一个碗。我低头一看,是几个菜团子,嫩柳叶蒸做的。我感激地看她一眼,急忙尝了尝。竟觉山珍海味一般。我没舍得吃完，留下一个，晚上在宿舍悄悄塞给"磨桌"。但"磨桌"看看我，摇了摇头。他已执意不吃人家的东西。

王全的老婆来了一趟。是个五大三粗的黑脸妇人，厉害得很，进门就点着王全的名字骂，说家里断了炊，两个孩子饿得嗷嗷叫，青黄不接的，让他回去找辙。并骂："我们娘儿们在家受苦，你在这儿享清福，美死你了！"

王全也不答话，只是伸手拉过一根棍子，将她赶出门。两人像孩子一样，在操场上你追我赶，终于将黑脸妇人赶得一蹦一跳地走了。同学们站在操场边笑，王全扭身回了宿舍。

第二天，王全的大孩子又来给王全送馍袋。这时王全拉着那黑孩，叹了一口气："等爸爸考上了，做了大官，也让你和你妈享两天清福！"

这时发生了一件怪事，瘦得皮包骨头的"磨桌"，突然脸蛋红扑扑的。有天晚上，回来得很晚，嘴巴油光光的。问他哪里去了，也不答，倒头便睡。等他睡着，我和王全商量，看样子这小子下馆子了，不然嘴巴怎么油光光的？可钱哪里来的呢？这时"耗子"插言："定是偷了人家东西！"我瞪了"耗子"一眼，大家不再说话。

这秘密终于被我发现了。有天晚自习下课，回到宿舍，又不见"磨桌"。我便一个人出来，悄悄寻他。四处转了转，不见人影。我到厕所解手，忽然发现厕所墙后有一团火，一闪一灭，犹如鬼火。火前有一人影，伏在地上。天哪，这不是"磨桌"吗！我悄悄过去，发现地上有几张破纸在烧。火里爬着几个刚出壳的幼蝉。"磨桌"盯着那火，舌头舔着嘴巴，不时将爬出的蝉重新投到火中。一会儿，火灭了，蝉也不知烧死没有，烧熟没有，

"磨桌"蛮有兴味地一个个捡起往嘴里填。接着就满嘴乱嚼起来。我见此情状心里不是滋味,不由得向后倒退两步,不意弄出了音响。"磨桌"吃了一惊,急忙停止咀嚼,扭头看人。等看清是我,先是害怕,后是尴尬,语无伦次地说:"班长,你不吃一个,好香啊!"

我没有答话,也没有吃蝉,但我心里,确实涌出了一股辛酸。我打量着他,暗淡的月光下,竟如一匹低矮的小动物。我眼中涌出了泪,上前拉住他,犹如拉住自己的亲兄弟:"'磨桌',咱们回去吧。"

"磨桌"也眼眶盈泪,恳求我:"班长,不要告诉别人。"

我点点头:"我不告诉。"

"五一"了,学校要改善生活。萝卜炖肉,五毛钱一份。穷年不穷节,同学们纷纷慷慨地各买一碗,哧溜哧溜放声吃,不时喊叫,指点着谁碗里多了一个肉片。我端菜回教室,发现李爱莲独自在课桌前埋头趴着,也不动弹。我猜想她经济又犯紧张,便将那菜吃了两口,推给了她。她抬头看着我,眼圈红了,将那菜接了过去。我既是感动,又有些难过,还无端生出些崇高和想保护谁的念头,便眼中也想涌泪,扭身出了教室。等晚上又去教室,却发现她不见了。

我觉出事情有些蹊跷,便将王全从教室拉出来,问李爱莲出了什么事。王全叹了一口气,说:"听说她爹病了。"

"病得重吗?"

"听说不轻。"

我急忙返回教室,向"耗子"借了自行车,又到学校前的合作社里买了二斤点心,骑向李爱莲的村子。为什么要这样做,我不知道。

　　李爱莲的家果然很穷，三间破茅屋，是土垛，歪七扭八。院子里黑洞洞的，只正房有灯光。我喊了一声"李爱莲"，屋里一阵响动，接着帘子挑开，李爱莲出来了。当她看清是我，吃了一惊："是你？"

　　"听说大伯病了，我来看看。"

　　她眼中露出感激的光。

　　屋里墙上的灯台里，放着一盏煤油灯，发着昏黄的光。靠墙的床上，躺着一个干瘦如柴的中年人，铺上满是杂乱的麦秸屑。床前围着几个流鼻涕水的孩子；床头站着一个盘着歪歪扭扭发髻的中年妇女，大概是李爱莲的母亲。我一进屋，大伙全把眼光集中到了我身上。我忙解释："我是李爱莲的同学。大伙知道大伯病了，托我来看看。"接着把那包点心递给了李爱莲的母亲。

　　李爱莲母亲这时从发呆中醒过来，忙给我让座："哎呀，这可真是，还买了这么贵的点心。"

　　李爱莲的父亲也从床上挺起身子，咳嗽着，把桌上的旱烟袋推给我，我忙摆摆手，说不会抽烟。

　　李爱莲说："这是我们班长，人心可好了，这……这碗肉菜，还是他买的呢！"

　　这时我才发现，床头土桌上，放着那碗我吃了一半的肉菜。原来是李爱莲舍不得吃，又端来给病中的父亲。床头前的几个小弟妹，眼巴巴地盯着碗中那几片肉。我不禁又感到一阵辛酸。

　　坐了一会儿，喝了一碗李爱莲倒的白开水，了解到李爱莲父亲的病情——是因为又喝醉了酒，犯了胃气痛老病。我叮嘱了几句，便起身告辞，向李爱莲说："我先回去了。你在家里待一夜，明天再去上课。"

这时李爱莲的妈拉住我的手："难为你了，她大哥。家里穷，也没法给你做点好吃的。"又对李爱莲说："你现在就跟你大哥回去吧。家里这么多人，不差你侍候，早回去，跟你大哥好好学……"

黑夜茫茫，夜路如蛇。我骑着车，李爱莲坐在后支架上。走了半路，竟是无话。突然，我发现李爱莲在抽抽搭搭地呜咽，接着用手抱住了我的腰，把脸贴到我后背上，叫了一声："哥……"

我不禁心头一热。眼中涌出了泪。"坐好，别摔下来。"我说。我暗自发狠：我今年一定要努力，一定要考上。

四

离高考剩两个月了。这时传来一个消息，说高考还考世界地理。学校原以为只考中国地理，没想到临到头还考世界地理。大家一下都着了慌。这时同学的精神，都已是强弩之末。王全闹失眠，成夜睡不着。"磨桌"脑仁疼，一见课本就眼睛发花。大家乱骂，埋怨学校打听不清，说这罪不是人受的。更大的问题还在于，大家都没有世界地理的复习资料。于是掀起一个寻找复习资料的热潮。一片混乱中，唯独"耗子"乐哈哈的。他恋爱的进程，据说已快到了春耕播种的季节。

这样闹腾了几日，有的同学找到了复习资料，有的没有找到。离高考近了，同学们都变得自私起来，找到资料的，对没找到的保密，唯恐在高考中，多一个竞争对手。我们宿舍，就"磨桌"不知从哪里弄到一本卷毛发黄的《世界地理》，但他矢口否认，一个人藏到学校土岗后乱背，就像当初偷偷烧蝉吃一样。我和王全没辙，李爱莲也没辙，于是着急得像热锅上的蚂蚁。这时我爹来送馍，见我满脸发黄，神魂不定，问是什么事，我简单给他讲了，没想到他双手一拍："你表姑家的大孩子，在汲县师范教书，说不定他那儿有呢！"

我也忽然想起这个茬儿，不由得高兴起来。爹站起身，煞煞腰里的蓝布，自告奋勇要立即走汲县。

我说："还是先回家告诉妈一声，免得她着急。"

爹说："什么时候了，还顾那么多！"

我说："可您不会骑车呀！来回一百八十里呢！"

爹蛮有信心地说："我年轻的时候，一天一夜走过二百三。"说完，一撅一撅动了身。我忙追上去，把馍袋塞给他。他看看我，被胡楂包围的嘴笑了笑，从里边掏出四个馍，说："放心。我明天晚上准赶回来。"我眼中不禁冒出了泪。

晚上上自习，我悄悄把这消息告诉了李爱莲。她也很高兴。

第二天晚上，我和李爱莲分别悄悄溜出了学校，在后岗集合，然后走了二里路，到村口的大路上去接爹。一开始有说有笑的，后来天色苍茫，大路尽头不见人影，只附近有个拾粪的老头，又不禁失望起来。李爱莲安慰我："说不定是大伯腿脚不好，走得慢了。"

我说："要万一没找到复习资料呢？"

于是两个人不说话，又等。一直等到月牙儿偏西，知道再等也无望了，便沮丧地向回走。但约定第二天五更再来这儿集合等待。

第二天鸡叫，我便爬起来，到那村口去等。远远看见有一人影，我认为是爹，慌忙跑上去，一看却是李爱莲。

"你比我起得还早!"

"我也刚刚才到。"

早晨下了霜。青青的野地里,一片发白。附近的村子里,鸡叫声此起彼伏。我忽然感到有些冷,看到身边的李爱莲,也在打战。我忙把外衣脱下,披到她身上。她看看我,也没推辞,只是深情地看看我,慢慢将身子贴到了我怀里。我身上一阵发热发紧,想低头吻吻她。但我没有这样做。

天色渐渐亮了,东方现出一抹红霞。忽然,天的尽头,跌跌撞撞走来了一个人影。李爱莲猛然从我怀里挣脱,指着那人影:"是吗?"

我一看,顿时兴奋起来:"是,是我爹,是他走路的样子。"

于是两个人飞也似的跑。我扬着双臂,边跑边喊:"爹!"

天尽头有一回声:"哎!"

"找到了吗?"

"找到了,小子!"

我高兴得如同疯了,大喊大叫向前扑。后面李爱莲跌倒了,我也不顾。只是向前跑,跑到跌跌撞撞走来的老头跟前。

"找到了?"

"找到了。"

"在哪儿呢?"

"别急,我给你掏出来。"

老头也很兴奋,一屁股坐在地上。这时李爱莲也跑了上来,看着爹。爹小心解开腰中蓝布,又解开夹袄扣,又解开布衫扣,从心口,掏出一本薄薄的卷毛脏书。我抢过来,书还发热,一看,上边写着"世界地理"。李爱莲又抢过去,看了一眼,兴奋得两耳发红："是，是，是《世界地理》！"

爹看着我们兴奋的样子，只嘿嘿地笑。这时我发现，爹的鞋帮已开了裂，裂口处，洇出一片殷红殷红的东西。我忙把爹的鞋扒下来，发现那满是脏土和皱皮的脚上，密密麻麻排满了血泡，有的已经破了，那是一只血脚！

"爹！"我惊叫。却是哭声。

爹仍是笑，把脚缩回去："没啥，没啥。"

李爱莲眼中也涌出了泪："大伯，难为您了。"

我说："您都六十五了。"

爹还有些逗能："没啥，没啥，就是这书现在紧张，不好找，你表哥找了一天，才耽搁了工夫，不然我昨天晚上就赶回来了。"

我和李爱莲对看了一眼。这时才发现她浑身是土，便问她刚才跌倒摔着了没有。她拉开上衣袖子，胳膊肘上也跌青了一块。但我们都笑了。

这时爹郑重地说："你表哥说，这本书不好找，是强从人家那里拿来的，最多只能看十天，还得给人家送回去。"

我们也郑重地点点头。

这时爹又说："你们看吧，要是十天不够，咱不给他送，就说爹不小心，在路上弄丢了。"

我们说："十天够了，十天够了。"

这时我们都恢复了常态。爹开始用疑问的眼光打量李爱莲。我忙解释："这是我的同学，叫李爱莲。"

李爱莲脸登时红了，有些不好意思。

爹笑了，眼里闪着狡猾的光："同学，同学，你们看吧，你们看吧。"

接着爹爬起身,就要从另一条岔路回家。

我说:"爹,您歇会儿再走吧。"

爹说:"说不定你娘在家早着急了。"

看着爹挪动着两只脚,从另一条路消失,我和李爱莲捧着《世界地理》,又高兴起来,你看看,我看看,一起向回走。并约定,明天一早偷偷到河边集合,一块来背《世界地理》。

第二天一早,我拿了书,穿过玉米地,来到那天李爱莲割草的河边。我知道她比我到得早,便想从玉米地悄悄钻出,吓她一跳。但等我扒开玉米棵子,朝河堤上看时,我却呆了,没有再向前迈步。因为我看到了一幅图画。

河堤上,李爱莲坐在那里,样子很安然。她面前的草地上,竖着一个八分钱的小圆镜子。她看着那镜子,用一把断齿的化学梳子在慢慢梳头。她梳得很小心,很慢,很仔细。东边天上有朝霞,是红的,红红的光,在她脸的一侧,打上了一层金黄的颜色。

我忽然意识到,她是一个姑娘,一个很美很美的姑娘。

这一天,我心神不定。《世界地理》找来了,但学习效果很差,思想老开小差。我发现,李爱莲的神情也有些慌乱。我们都有些痛恨自己,不敢看对方的目光。

晚上,我们来到大路边,用手电不时照着书本,念念背背。不知是天漆黑,还是风物静,这时思想异常集中,背的效果极好。到学校打熄灯钟时,我们竟背熟了三分之一。我们都有些惊奇,也有些兴奋,便扔下书本,一齐躺倒在路旁的草地上,不愿回去。

天是黑的,星是明的。密密麻麻的星,撒在无边无际的夜空闪烁。天是那么深邃,那么遥远。我第一次发现,我们头顶的天空,是那么崇高,那么宽广,那么仁慈和那么美。我听见身边李爱莲的呼吸声,知道她也在看夜空。

　　我们都没有话。

　　起风了。夜风有些冷。但我们一动不动。

　　突然,李爱莲小声说话:"哥,你说,我们能考上吗?"

　　我坚定地回答:"能,一定能!"

　　"你怎么知道?"

　　"我看这天空和星星就知道。"

　　她笑了:"你就会浑说。"

　　又静了,不说话,看着天空。

　　许久,她又问,这次声音有些发颤:"要是万一你考上我没考上呢?"

　　我也忽然想起这问题,身上也不由得一颤。但我坚定地答:"那我也永远不会忘记你。"

　　她长出了一口气,也说:"要是万一我考上你没考上,我也不会忘记你。"

　　她的手在我身边,我感觉出来。我握住了她的手。那是一只略显粗糙的农家少女的手。那么冷的天,她的手是热的。

　　但她忽然说:"哥,我有点冷。"

　　我心头一热,抱住了她。她在我怀里,眼睛黑黑地、静静地、顺从地看着我。我吻了吻她湿湿的嘴唇、鼻子,还有那湿湿的眼睛。

　　这是我在这个世界上,第一次吻一个姑娘。

五

累。累。实在是累。

王全失眠更厉害了，一点睡不着，眼里布满血丝，头发乱糟糟的像个鸡窝。一眼看去，活像一个恶鬼。脾气也坏了，不再显得那么宽厚。有天晚上，因为"磨桌"打鼾，他狠狠将"磨桌"打了两拳。"磨桌"醒来，蒙着头呜呜地哭，他又在一旁龇牙花子："这怎么好，这怎么好。""磨桌"脑仁更加疼了。一看书就疼，只好花两毛钱买了一盒清凉油，在两边太阳穴上乱抹。弄得满宿舍都是清凉油味。一天晚上我回宿舍见他又在哭，便问："是不是王全又打你了？"

他摇摇头，说："太苦，太苦，班长，别让我考大学了，让我考个小中专吧。"

咕咕鸟叫了，割麦子。学校老师停止辅导，去割学校种的麦子。学生们马放南山，由自己去折腾。我找校长反映这问题，校长说唯一的办法是让学生帮老师早一点收完麦子，然后才能上课。我怪校长心狠，离考试剩一个月了，还剥削学生的时间，但我到教室一说，大伙倒很高兴，都拥护校长，愿意去割麦子。原来大伙学习的弦绷得太紧了，在那里死用功，其实效果很差。现在听说校长让割麦子，正好有了换一换脑子的理由，于是发出一声喊，争先恐后拥出教室，去帮老师割麦子。学校的麦地在小河的西边，大家赶到那里，二话不说，抢过老师的镰刀，雁队一样拉开长排，嚓，嚓，嚓嚓，紧张而有节奏、快而不乱地割着，一会儿割倒了半截地。紧绷着的神经，在汗水的浸泡下，都暂时松弛下来。大家似又成了在农田干活的农家少男少女，嘻嘻哈哈，打打闹闹。许多老师带着赞赏的神情,站在田头看。马中说:"这帮学生学习强不强不说,割麦子的能力可是不差。要是高考考割麦子就好了!"我抹了一把汗水,看看这田野和人,第一次感到:劳动是幸福的。

不到一个下午,麦子就割完了。校长受了感动,通知伙房免费改善一次生活。又是萝卜炖肉。但这次管够。大家洗了手脸,就去吃饭。那饭吃得好香!

但以后的几天里,却出了几件不愉快的事情。

第一件是王全退学。离高考只剩一个月,他却突然决定不上了。当时是实行责任田的第一年,各村都带着麦苗分了地。王全家也分了几亩,现在麦焦发黄,等人去割,不割就焦到地里了。王全那高大的黑老婆又来了,但这次不骂,是一本正经地商量:"地里麦子焦了,你回去割不割?割咱就割,不割就让它龟孙焦到地里!"

然后不等王全回答,撅着屁股就走了。

这次王全陷入了沉思。

到了晚上,他把我拉出教室,第一次从口袋掏出一包烟卷,递给我一支,他叼了一支。我们燃着烟,吸了两口,他问:"老弟,不说咱俩以前是同学,现在一个屋也躺了大半年了。咱哥儿俩过心不过心?"

我说:"那还用说。"

他又吸了一口烟:"那我问你一句话,你得实打实告诉我。"

我说:"那还用说。"

"你说,就我这德行,我能考上吗?"

我一愣,竟答不上来。说实话,论王全的智力,实不算强,无论什么东西,过脑子不能记两晚上,黄河他能记成三十三公里。何况这大半年,他一直失眠,记性更坏。但他用功,却是大家看见的。我安慰他:"大半年的苦都受了,还差这一个月?!"

他点点头,又吸了一口烟,突然动了感情:"你嫂子在家可受苦了!孩子也受苦了。跟你说实话,为了我考学,我让大孩子都退了小学。我要再考不上,将来怎么对孩子说?"

我安慰他:"要万一考上呢?这事谁也保不齐。"

他点点头,又说:"还有麦子呢。麦子真要焦到地里,将来可真要断炊了。"

我忙说:"动员几个同学,去帮一下。"

他忙摇头:"这种时候,哪里还敢麻烦大家。"

我又安慰:"你也想开些,收不了庄稼是一季,考学可是一辈子。"

他点点头。

但第二天早晨,我们三人醒来,却发现王全的铺空了,露着黄黄的麦秸。他终于下了决心,半夜不辞而别。又发现,他把那张烂了几个窟窿的凉席,塞到了"磨桌"枕头边。看着那个空铺,我们三个人心里都不好受。"磨桌"憋不住,终于哭了:"你看,王全也不告诉一声,就这么走了。"

我也冒了泪珠,安慰"磨桌",没想"磨桌"呜呜大哭起来:"我对不起他,当时我有《世界地理》,也没让他看。"

停了几天,又发生第二件不愉快的事,即"耗子"失恋。失恋的原因他不说,只说悦悦"没有良心",看不起他,要与他断绝来往;如再继续纠缠,就要告到老师那里去。他把那本卷毛《情书大全》摔到地下,摊着双手,第一次哭了:"班长,你说,这还叫人吗？"

我安慰他，说凭着他的家庭和长相，再找一个也不困难。他得到一些安慰，发狠地说："她别看不起我，我从头好好学，到时候一考考个北京大学，也给她个脸色看看！"

他当时就穿上鞋，要到教室整理笔记和课本。但谁也明白，现在离高考仅剩半个月，就是有天大的本事，再"从头"也来不及了。

第三件不愉快的事情，是李爱莲的父亲又病了。我晚上到教室去，发现她夹到我书里一张字条：

哥：
　　我爹又病了，我回去一趟。不要担心，我会马上回来。
　　　　　　　　　　　　　　爱莲

可等了两天，还不见她来。我着急了，借了"耗子"的自行车，又骑到郭村去。家里只有李爱莲的母亲在拉麦子，告诉我，这次病得很厉害，连夜拉到新乡去了。李爱莲也跟去了。

我推着自行车，沮丧地回来。到了村口，眼望着去新乡的柏油路，路旁两排高高的白杨树，暗想：这次不知病得怎样，离高考只剩十来天，到时候可别耽误考试。

六

高考了。

考场就设在我们教室。但气氛大变。墙上贴满花花绿绿的标语:"遵守考场纪律""不准交头接耳""违反纪律取消考试资格"……门上贴着"考试细则":进考场要带"准考证",发卷前要核对照片,迟到三十分钟自动取消当场考试资格……小小教室,布了四五个老师监堂。马中站在讲台上,耀武扬威地讲话:"现在可是要大家的好看了。考不上丢人,但违反纪律被人捏胡出去——就裹秆草埋老头,丢个大人!"接着是几个戴领章帽徽的警察进来。大家都憋着大气,揣着小心,心头怦怦乱跳。教室外,停着几辆送考卷和准备拿考卷的公安三轮摩托。学校三十米外,画一条白色警戒线,有警察把着。

警戒线外,围着许多学生家长,在那里焦急地等待。我爹也来了,给我带来一馍袋鸡蛋,说是妈煮的,六六三十六个,取"六顺"的意思。并说吃鸡蛋不解手,免得耽误考试时间。这边考试,爹就在警戒线外边等,毒日头下,坐在一个砖头蛋上,眼巴巴望着考场。头上晒出一层密密麻麻的细汗珠,他不觉得;人蹚起的灰尘扑到他身上和脸上,也不觉得。我看着这考场,看着那警戒线外的众乡亲,看着我的坐在砖头蛋上的父亲,不禁一阵心酸。

发卷了。头两个小时考"政治"。但我突然感到有些头晕,恶心。我咬住牙忍了忍,好了一些。但接着感到前所未有的疲劳。我想,完了,这考试要砸。

何况我心绪不宁。我想起了李爱莲。两天前,她给我来了一封信:

哥:

高考就要开始了。我们大半年的心血有没有白费,就要看这两天的考试了。但为了照顾我爹，我不能回镇上考了，就在新乡的考场考。哥，亲爱的哥，我们虽不能坐在一个考场上，但我知道，我们的心是在一起的。我想我能考上，我也衷心祝愿我亲爱的哥你也能够考上。

爱莲

就这么几句话。当时，我捧着这封信，眼望着新乡的方向，心里发颤。

现在，我坐在考场上，不禁又想道：不知她在新乡准时赶到考场没有；不知她要在医院照顾父亲，现在疲劳不疲劳；不知面对着卷子，她害怕不害怕，这些题她生不生……但突然，我又想象出她十分严肃，正在对我说："哥，为了我，不要胡思乱想，要认真考试。"于是，我闭了一会儿眼睛，开始集中精力，重新看卷子上的几道题。这时考题看清了，知道写的是什么。还好，这几道题我都背过，于是心里有了底，不再害怕，甩了甩钢笔水，开始答题。一答开头，往常的背诵，一一出现在脑子里。我很高兴有这一思想转折，我很感激李爱莲对我现出了严肃的面孔。笔下沙沙，不时看一看腕上借来的表。等最后一道题答完，正好收卷的钟声响了。

我抬起身，这才发觉出了一身大汗，头发湿漉漉的，直往下滴水。我听到马中又在讲台上威严地咋呼："不要答了，不要答了，把卷子反扣到桌子上！能不能考上，不在这一分钟，热锅炒蚂蚁，再急着爬也没有用了！"我从容地将卷子反扣到桌子上，出了考场。

爹早已从砖头蛋上站起,在一堆家长里,踮着脚,抻着脖子朝教室看。看我出来,忙迎上来,焦急问:"考得怎样?"

我答:"还好。"

爹笑了,是焦急后的笑,是等待后的笑,是担心后的笑。笑得有点勉强,有点苦涩,有点疲劳。但眼中冒出泪。泪后,对我望着。那苍老的眼里,竟闪出对我表示感激的光!"这就好,这就好。"然后从馍袋里掏出六个鸡蛋,一定让我吃下。可我什么东西都不想吃,只想喝水。爹说:"不要喝水,不要喝水,接着还要考呢,喝水光想尿。"

但我还是跑到水龙头下,咕嘟咕嘟喝了个够。

离下场考试还有十分钟,我回到了宿舍。"磨桌"和"耗子"都在。"磨桌"正在焦急地翻书,急得满头大汗,见我进来,带着哭音颤着声说:"班长,我完了!我好糊涂!这些题我都会背,但我记混了!我把'党的基本路线',答成了'社会主义总路线'!"

我忙问:"那其他五道呢?"

他答着哭声:"还有两道也答混了!我的妈,我的政治要不及格了!"

我安慰他:"既已考过,就不要再想了,还是集中精力想下场的数学吧!"

他仍很焦急:"你说得轻巧,你考好了,当然不着急。可我这些题明明会,却答混了,岂不冤枉!我好糊涂,我好糊涂!"接着便痛苦地用双拳砸自己的脑袋。

"耗子"也十分沮丧,倒在铺上一言不发。

我问:"你怎么样'耗子'?"

"耗子"瞪了我一眼："你管我呢！"然后双手捂头，痛苦地叫道："我都认识这些题，但这些题都不认识我。我一场考试好自在，钢笔动都没有动。临到钟声响，才在一道题上写了几个字'中国共产党万岁'，那些批卷的王八蛋能给我分吗？"

……………

下一场考试的钟声响了。同学们有高兴的，有着急的，有沮丧的，但都又重新聚集到了考场。警戒线外，家长们又在焦急地等待。我爹又坐在毒日头底下的砖头蛋上。马中又讲话了，说上一堂考试有的同学表现不好，这一场要注意，不然可别怪鄙人不客气……大家听他讲，都很着急，因为他整整耽误大家八分钟答卷时间，然后才发卷。呼啦呼啦一阵纸响，又静下来。接着又是嚓嚓的笔划纸的声音。

忽然，我听到后排咕咚一声，接着教室一阵骚乱。我扭回头，吃了一惊，原来是"磨桌"晕倒在地上。监考的老师纷纷向"磨桌"跑，有的同学就趁机交头接耳，偷看别人的试卷。监考老师又不顾"磨桌"，先来维持秩序，马中又大声咋呼。等教室平静，"磨桌"才被人抬了出去。

晕倒的"磨桌"被人抬着，从我身边经过，我看了他一眼。他浑身发抖，眼紧闭，牙齿上下嗒嗒响，脸苍白，满头发的汗。我一阵心酸，满眼冒泪。"磨桌"，好兄弟，你就这样完了！你的清凉油呢！你怎么不多在脑门上涂上厚厚的清凉油？你为什么要晕倒呢？大半年的心血，就这样完了！兄弟，你好苦哇！

这场考试临结束，前边又发生了骚乱。这次是"耗子"。马中站在他面前，看他的答卷。看了一会儿，猛然把考卷从他手中抢过，怒目圆睁："你这是答的什么题，这就是你的方程式吗？

你捣的什么乱，啊?!"

几个监考老师纷纷问："怎么了，写了反标吗?"

马中说："反标倒不是反标，但也够捣乱的！我念给你们听听。"接着拖着长音念："'党中央，教育部：我怀着激动的心情，给你们写信。卷上的考题我不会答，但我的心，是向着你们的。让我上大学吧，我会好好为人民服务……'这叫什么！你以为现在还能当张铁生啦?!……"

这时校长戴着"监考"牌进来，才止住了马中的唠叨，让考生们静下心，继续答题。

…………

两天过去了。

高考终于结束了。

七

高考结束了。

我相信我考得不错。我预感我能被录取。不能上重点大学，起码也能上普通大学。我把自己的感觉告诉了在考场警戒线外等了两天的爹，爹一下竟说不出话来。平生第一次，一个老农，像西方人一样，把儿子紧紧地拥抱在怀里，颠三倒四地说："这怎么好，这怎么好。"然后放开我，嘿嘿乱笑，一溜小跑拉我出了校门，要带我回家。我说学校还有我的行李，他又放开我，自己先走了，说要赶回家，告诉我妈和弟弟，让他们也高兴高兴。

复习班结束了。聚了一场的同学，就要分手了。高考有考得好的，有考得坏的，有哭的，有笑的。但现在要分别了，大家都抑制住个人的感情,又聚到大宿舍里,亲热得兄弟似的。唯独"磨桌"还在住院,不在这里。大家凑了钱,买了两瓶烧酒,一包花生米,每人轮流抿一口,捏个花生豆,算是相聚一场。这时,倒有许多同学真情地哭了。有的女同学,还哭得抽抽搭搭的。喝过酒,又说一场话,说不管谁考上,谁没考上,谁将来富贵了,谁仍是庄稼老粗,都相互不能忘。又引用刚学过的古文,叫"苟富贵,勿相忘"。一直说到太阳偏西,才各人打各人的行李,然后依依不舍地分手,各人回各人村子里去。

同学们都走了。但我没有急着回去。我想找个地方好好松弛一下。于是一个人跑了十里路,来到大桥上,看看四处没人,脱得赤条条的,一下跳进了河里,将大半年积得浑身的厚厚的污垢都搓了个净。又顺流游泳,逆流上来。游得累了,仰面躺到水上,看蓝蓝的天。看了半天,我忽然又想起王全,想起"磨桌",想起"耗子",心里又难受起来。我现在感到的是愉快,他们感到的一定是痛苦,我像做了见不得人的事一样,急忙从河里爬出来,穿上了衣服。

顺着小路,我一阵高兴一阵难过向回走。我又想起了爹妈和弟弟,这大半年他们省吃俭用,供我上学,我应该赶紧收拾行李回家。我又想起李爱莲,不知她父亲的病怎么样了,她在新乡考得怎么样。我着急起来,决定明天一早去新乡。

就这样胡思乱想,我忽然发现前面有一拉粪的小驴车。旁边赶车的,竟像是王全。我急忙跑上去,果然是他。我大叫一声,一把抱住了他。

和王全仅分别了一个月,他却大大变了样,再也不像一个复习考试的学生,而像一个地地道道的老农。戴一破草帽,披着脏褂子，满脸胡楂，手中握着一杆鞭。

王全见了我，也很高兴，也一把抱住我，急着问我考得怎么样，我急着问他麦子收了没有，嫂子怎么样，孩子怎么样，不知谁先回答好，不禁都哈哈笑起来。

一块儿走了一段，该说的话都说了。我突然又想起李爱莲，忙问："你知道李爱莲最近的情况吗？她爹的病怎么样了？她说在新乡考学，考得怎么样？"

王全没回答我，却用疑问的眼光看我。看了一会儿，冷笑一声："她的事，你不知道？"

"她给我来信，说在新乡考的！"

王全叹了一口气："她根本没参加考试！"

我大吃一惊，不由得停步，张开嘴，半天合不拢。王全只低头不语。我突然叫道："什么，没参加考试？不可能！她给我写了信！"

王全又叹了一口气："她没参加考试！"

"那她干什么去了？"我急忙问。

王全突然蹲在地上，又双手抱住头，半天才说："你真不知道？她出嫁啦！"

"啊？"我如同五雷轰顶，半天回不过味儿来。等回过味儿来，上前一把抓住王全，狠命地揪着："你骗我，你胡说！这怎么可能呢！她亲笔写信，说在新乡参加考试！出嫁？这怎么可能！王全，咱们可是好同学，你别捉弄我好不好？"

王全这时抽抽搭搭哭了起来："看样子你真不知道。咱俩是好同学，我也知道你与李爱莲的关系，怎么能骗你。她爹这次病得不一般，要死要活的，一到新乡就大吐血。没五百块钱人家不让住院，不开刀就活不了命。一家人急得什么似的。急手抓鱼，钱哪里借得来？这时王村的暴发户吕奇说，只要李爱莲嫁给他，他就出医疗费。你想，人命关天的事，又不能等，于是就……"

我放开王全，怔怔地站在那里，觉得这是做梦！

"可，可她亲自写的信哪！"

王全说："那是她的苦心、好心、细心。唉，恐怕也不过是安慰你，怕你分心罢了。你就没想想，她户口没在新乡，怎么能在新乡参加考试呢？"

又是一个五雷轰顶。是呀，她户口没在新乡，怎么能在那里参加考试？可我怎么没想到这一点？我好糊涂！我好自私！我只考虑了我自己！

"什么时候嫁的？"

"昨天。"

"昨天？"昨天我还在考场参加考试！

我牙齿上下打战，立在那里不动。大概那样子很可怕，王全倒不哭了，站起来安慰我："你也想开点，别太难过，事情过去了，再难过也没有用……"

我狠狠地问："她嫁了？"

"嫁了。"

"为什么不等考试后再嫁？哪里差这几天。"

"人家就是怕她考上不好办，才紧着结婚的。"

我狠狠朝自己脑袋上砸了一拳。

"嫁到哪村？"

"王村。"

"叫什么？"

"吕奇。"

"我去找他！"

我说完，不顾王全的叫喊，不顾他的追赶，没命地朝前跑。等跑到村头，才发现跑到的是郭村，是李爱莲娘家的村。就又折回去，跑向王村。

到了王村，我脚步慢下来。我头脑有些清醒。我想起王全说的话："已经结婚了，再找有什么用？"我不禁蹲在村头，呜呜哭起来。

哭罢，我抹抹眼睛，进了村子。打听着，找吕奇的家。到了吕奇的家门前，一个大红的"喜"字，迎面扑来，我头脑又轰的一声，像被一根粗大的木头撞击了一下。我呆呆地立在那里。

许久，我没动。

突然，门吱呀一声开了，走出一个人。她大红的衬衣，绿的确良裤子，头上一朵红绒花。这，这不就是曾经抱着我的腰，管我叫"哥"的李爱莲吗？这不就是我曾经抱过、亲过的李爱莲吗？这不就是我们相互说过"永不忘记"的李爱莲吗？

但她昨天出嫁了，她没有参加考试，她已经成了别人的媳妇！

但我看着她，一动没有动。我动不得。

李爱莲也发现了我，似被电猛然一击，浑身剧烈地一颤，呆在了那里。

我没动。我动不得。我眼中甚至冒不出泪，我张张嘴，想说话，但觉得干燥，心口堵得慌，舌头不听使唤，一句话说不出来。

李爱莲也不说话，头无力地靠在了门框上，直直地看着我，眼中慢慢地、慢慢地涌出了泪。

"哥……"

我这时才颤抖着用全部身心的力量，对世界喊了一声："妹妹……"但我喊出的声音其实微弱。

"进家吧。这是妹妹的家！"

"进家？……"

我扭回头，发疯地跑，跑到村外河堤上，一头扑倒，呜呜痛哭。

爱莲顺着河堤追来送我。

送了二里路，我让她回去。我说："妹妹，回去吧。"

她突然伏到我肩头，伤心地、呜呜地哭起来。又扳过我的脸，没命地、疯狂地、不顾一切地吻着，舔着，用手摸着。

"哥，常想着我。"

我忍住眼泪，点点头。

"别怪我，妹妹对不起你。"

"爱莲！"我又一次将她抱在怀中。

"哥，上了大学，别忘了，你是代表咱们俩上大学的。"

我忍住泪，但我忍不住，我点点头。

"以后不管干什么，不管到了天涯海角，是享福，是受罪，都不要忘了，你是代表咱们两个。"

我点点头。

暮色苍茫，西边是最后一抹血红的晚霞。

我走了。

走了二里路，我向回看，爱莲仍站在河堤上看我。她那身影,那被风吹起的衣襟,那身边的一棵小柳树,在蓝色中透着苍茫的天空中,在一抹血红的晚霞下,犹如一幅纸剪的画影。
…………

《人民文学》1987年第7期